2017 제62회

現代文學賞 수상시집

안규철, 「두 개의 빈 의자」, 드로잉

| 현대문학상 기념조각 |

안규철

책은 양면적인 요소들이 중첩되어 있는 물건이다.
책에는 왼쪽과 오른쪽 페이지가 있고, 보이는 앞면과 보이지 않는 뒷면이 있다.
안과 밖이 있고, 시작과 끝이 있다. 흰 종이와 검은 잉크가 있고,
드러난 것과 숨겨진 것이 있으며, 저자와 독자가 있다.
서로 상반되면서 동시에 상호의존적인 이런 요소들은 책이 닫혀 있을 때는 드러나지 않는다.
책은 상자와 같아서, 책장이 펼쳐지기 전에 그것은 무뚝뚝한 한 덩이 종이뭉치에 불과하다.
책을 열면 이렇게 하나였던 것이 둘이 된다. 왼쪽과 오른쪽이, 안과 밖이, 저자와 독자가 거기서 생겨난다.
그리고 그 둘 사이에서, 낯선 한 세계의 지평선이 떠오른다.
마술사의 손바닥에서 피어나는 꽃처럼, 작은 책갈피 속에서 세계 하나가 온전한 윤곽을 드러낸다.
문학작품 앞에서 늘 그것이 경이롭다.

제62회 現代文學賞 수상시집

임승유

휴일 외

현대문학

| 차례 |

수상작

수상시인 자선작

수상후보작

역대 수상시인 근작시

심사평

수상소감

수상작

휴일 외

임 승 유

임승유

휴일 외

1973년 충북 괴산 출생.
2011년 『문학과사회』 등단.
시집 『아이를 낳았지 나 갖고는 부족할까 봐』.
〈김준성문학상〉 수상.

휴일

휴일이 오면 가자고 했다.

휴일은 오고 있었다. 휴일이 오는 동안 너는 오고 있지 않았다. 네가 오고 있지 않다는 것을 어떻게 아는지 모르는 채로 오고 있는 휴일과 오고 있지 않는 너 사이로

풀이 자랐다. 풀이 자라는 걸 알려면 풀을 안 보면 된다. 다음 날엔 바람이 불었다. 풀을 보고 있으면 저절로 알게 된다. 내가 알게 된 것을

모르지 않는 네가

왔다가 갔다는 걸 이해하기 위해 태양은 구름 사이로 숨지 않았고 더운 날이 계속되었다. 휴일이 오는 동안

날씨

서른세 명의 아이가 털실로 모자를 짜고 있다. 서른세 명의 아이가 한꺼번에 모자를 짜고 있어서 눈이 멈추지 않는다. 기분이 멈추지 않는다. 서른세 명의 아이는 모자를 다 짜면 일제히 모자를 쓰려고 한다. 희수에 닿으려 한다. 수연에 닿으려 한다. 눈은 눈을 보다가 눈을 놓친다. 발을 헛디딘다. 습자지를 만지다가 습자지를 적시는 슬픔. 서른세 명의 아이가 발을 헛디뎌서 서른세 명의 아이는 서른세 명의 아이를 놓친다. 눈이 그친다. 아이들을 일으켜 세울 수가 없다.

사실

여기 영혼이 있어

불쑥 그런 말을 해버렸다. 숙소를 떠난 지는 한참 되었다. 왜 그런 말을 하냐며 너는 울먹이고

여길 봐

이렇게 빛나는 이게 영혼이 아니면 뭐겠니

머릿속이 하얘지는데 이건 아니라며 너는 돌아가자고 한다. 마지막으로 누가 불을 끄고 나왔는지 기억이 안 난다. 노력해도 안되는 일이 있다. 앞으로 이런 일은 일어나지 않을 거야

일어난 일을 따라 걷기로 한다.

멀리 불빛이 보이는 장면은 옛날이야기에 종종 나온다. 한번 가면 못 나오는 거다.

알고 있었다.

설명회

인근의 잘 알려진 건물에서 시작된다. 멀리서 걸어오면서 시작
된다. 어디서부터 시작됐는지 묻지 않기로 하면 시작된다. 아침에
있었던 일은 덮어두고

오늘은 충분치 않다는 생각을 하면 시작된다. 이번 여름에 몇 번
은 더 있을 거라는 소문에서 몇 번은 더 시작된다. 비가 오면 젖은
채로 시작된다. 빛은 들어오다가 앉은자리에서 놓쳤다. 사람이 어
울렸다.

문을 열면 의자가 놓여 있는 건물이 어울렸다. 깊숙이 들어가면
깊어지고 의자가 부족하면 의자를 가져올 수 있는 가능성이 어울
렸다. 도시가 끝나면 시작되는

벌판이 어울렸다. 벌판에서 한참을 더 걸어가면 건물이 나오고
주머니에서 뭔가 꺼내려 하면 사람이 걸어 나왔다.

식당

속을 밖으로 꺼냈는데 상하지 않았다.

상하려면

하루나 이틀을 더 기다려야 했다. 식당은 문을 열지 않는 시간이
고 식당은 일 층을 지나 이 층을 지나 어느덧 사 층에

아무도 없다.

아무도 없어서 식당은 아무 데도 갈 수 없다. 누가 오지 않는다
면 식당은 있다고 할 수 없다. 누구와 있었던 적이 있는데

그건 지나간 일이 되었다.

아무 말도 하지 않고 나와서 생긴 일이었다.

지역감정

어디야

영주

나는 이수

외투를 여미며

우린 여자아이와 있는 걸까

여름에 쌓아 올린 과일 바구니가 겨울로 쏟아져

경사면이 생겼다

영주는

과일이 맛있고

이수는

여름 샌들이 잘 어울린다

손을 잡고 걸으면

플라스틱 장난감을 태운 것처럼 색색의 불꽃

중간에

기차가 지나가는 벌판을 가져다 놓고

뒤를 돌아보면

이수는

영주는

손을 흔들며 지나가는

늙지 않는

여자애였다

나는 겨울로 왔고 너는

여름에 있었다

차례

그러던 어느 날 우리 가족은 휴가를 떠나기로 했다.

저녁 식사를 하는 중이었고 할아버지는 40년 전에 이미 트렁크를 들고 문간에 서 있었다. 할머니는 이후 9년 동안 짐을 더 쌌는데 언제 계단을 내려왔는지 모르겠다.

아버지는 뜰에 나무 한 그루 심어놓고는 간지럽고 슬프고 물든다고 꼼짝도 안 하더니 벌써 떠나고 있었다. 이제 뒤늦은 짐을 싸야 하는 우리는 휴가지로 적당한 곳을 물색 중이었고

도르트문트 인근 뤼넨에 사는 힐제 부부가 한 번도 빠지지 않고 매년 가르다 호수에서 여름휴가를 보낸다는 기사*를 읽게 되었다. 그럼 엄마는 누가 와서 되나. 흑백사진 바깥으로 이파리를 떨구는 나무의 밤이었으므로 간지럽고 슬펐다.

장면 속으로 들어간 일가족이 나오지 않았다.

* W. G. 제발트, 『현기증. 감정들』 중에서

직원

직원이 될 수도 있었고 직원이 되지 않을 수도 있었다. 직원은 먼저 와서 쳐다보는 사람인데

당신은 직원이오! 말해주는 사람 없이도 창문 닫을 시간이 되면 직원이 되어 있었다.

창문이 창문에게 건넨 귓속말로 복도는 길어지고 혼자 남아서 창문 닫는 직원은

가루를 개서 만드는 반죽과 살을 으깨서 만드는 반죽의 차이 같은 걸 고민하다가 나눠 먹으려고

양쪽을 잡아당겨 주르륵 쏟아지는 높이를 세우면

새들이 날아와 부딪쳤다. 질끈 눈을 감는 사이로 들어간 새들과 들어가지 못한 새들이

안과 밖을 나눠 가졌다.

옆이 있다고 믿으면서 옆을 밀고 나가면 떨어지는 높이였다.

나가려고 했다면

바람에게는 얼마나 안전한 높이인가. 직원은 마지막까지 남아
서 쳐다보는 사람인데

창문을 닫을 수도 있었고 닫지 않을 수도 있었다.

수상시인 자선작

문법

눈을 뜨니

풀밭이 펼쳐졌다. 펼쳐지는 풀밭의 속도를 따라잡으려다가 멈춘 것처럼 꽃이 있었다. 예쁘다고 말하면 뭐가 더 있을 것처럼 예뻤다.

뒤로 물러나면 더 많이 보이고 많이 봐서 끝이 보일 때

뭐가 있어?

이불을 끌어다 덮으며 네가 물었고 뭐가 있다고 하면 끝이 안 나는 풀밭이었다. 눈을 감으면

눈꺼풀 안쪽까지 따라오는 풀밭이었다. 빛이 부족해지면 풍경은 생기다 말았다는 듯 풀이 죽었고

그만해

그런 말은 풀을 뜯어내고 남은 말에 가까웠다.

유원지

남들도 다 가니까

처음 와본다는 것을 알면서도 가기로 했지 이 도시에서 아는 곳
은 여기밖에 없고

남들도 처음이겠지 혼자는 그러니까 같이 왔겠지 모두가 혼자
였다면 너는 혼자 가지 않았을까

혼자 가면서 혼자가 아니라는 사실을 발끝으로 밀어내며

앉아 있다가 가면 더 오래 갈 수 있다는 듯 앉아 있으면 이 길은
아무 데서도 끝나지 않을 거라는 믿음으로

조성되고

흔적

　마을을 벗어나면 마을이 나온다. 이웃 마을이다. 이웃 마을에는
이웃이 산다. 아침을 먹고 점심을 먹고 저녁을 먹는다. 내가 이불
을 덮고 잠든다면 이웃도 잠들었을 것이다. 식빵에 딸기잼을 발라
놓으면 조금 오래갔다. 한 번 가보고 몇 번이나 가게 됐다. 내가 잠
들지 않고 밖으로 나온다면 이웃은 집에 안 들어갔을 것이다. 이웃
없는 집은 귀를 잘라낸 푸딩 같아서 두드리면 덩어리째 흔들렸다.
분명 소리를 냈을 텐데. 안 들렸기 때문에 이웃은 던져졌다. 형체
도 없이 부서지는 아침으로

주인

집에 누가 와 있다고 말해주는 사람이 있어서 따라나섰다. 집에 가는 길인데도 누군가의 안내를 받는 게 이상했지만

안내를 받으니까 어디든 갈 수 있을 것 같았다.

이 구역은 건조하고 이 구역은 추워서 침엽수가 자랐다. 자라면서는 누가 와 있으면 좋겠다고 생각했는데 이제 집에 가면서

한 그루의 나무를 지나면 또 한 그루의 나무가 막아서는 복도를 지났을 뿐인데 높이가 다른 생활이 지나가고

내가 모르는 생활이면 안 될 것 같아서 고개를 들었다. 분명 누가 와 있었다. 앉아서 물을 마시고 있었다.

서상조라고 합니다.

그가 말문을 열었다. 기다렸던 게 뭔지에 대해 내가 말할 차례였다.

미래의 사람

이 무덤은 숨어 있기에 좋다.

누가 오고 있다면 내다보기에 좋다. 이 무덤은 내다보기에 좋아서 누군가 오고 있다. 중간에 나무 한 그루가 있었지만 그는 거기서 멈추지 않았다.

멈추지 않고 걸어오는데도

오늘 안으로 도착할 것처럼 보이지 않는다. 더운 여름이 보이지 않고 산적을 데우는 불길이 보이지 않는다. 저녁 먹으라고 불러주는 사람이 없는

이게 하나의 장면에 불과하더라도

구겨버리지만 않는다면 누군가 오고 있다.

근무

울타리를 지날 때 나도 모르게 쥐었던 손을 놓았다. 나팔꽃의 형태를 따라 한 것이다.

오므렸다가 폈다가
안에 든 것이 뭔지 모르면서 그랬다.

살아 있다면

뛰어다녔을 것이고 뛰어다니면 어지럽고 뛰어다니면 시끄러우니까 쉬는 시간인가 보다 그러면서 붓 같은 걸로 살살 털어주면서 붓을 갖다 놓으면서 문을 닫고 나왔는지도 모른다. 어쩌면

창백한 도감이었는지도 모른다.

물가에 앉아서 생각에 빠져서 종이에 싸갖고 온 것을 풀어보다가 아무것도 없어서 아무것도 아닌 것을 주머니에 넣어 오다니 내일은 그러지 말아야지 다짐하며 천천히 일어날 때

쏟아지는 빛의 한가운데였다.

물감이 마르는 동안이라고 했는데

아직 거기 남아서 꿈틀대고 있었다. 여전이 내가 뭔가 쥐고 있다는 사실을 믿을 수가 없었다.

화단 만드는 방법

수요일을 잃어버린 너에게

등을 보이고 앉아 있는 여자가 있다. 되풀이되는 꿈속에서 여자는 되풀이하여 등을 보여준다.

마당에 내리는 눈과 벽과 벽 사이에 내리는 눈으로, 내리다가 더 내릴 수 없는 눈으로 눈 뭉치를 만들어 던져봐.

수요일에 닿도록
날아가 너의 등에 닿도록

세계의 끝이 너의 등 뒤라는 이상한 말을 들려주던 선생이 돌아가신지 서른여섯 해가 지났는데도 등이 따갑고 등이 시리고 등이 녹아내리는데

손에 잡히는 대로 꺼낸 건 털 뭉치. 툭 던져놓으면 토끼풀밭을 뛰어다닐 듯 뛰어다녔지.

토끼의 발이 귀나 코처럼 얼다가 녹다가 화요일이나 목요일쯤

에 쌓여 있다면. 양말에 사이좋게 두 발을 집어넣는다면. 빛나는 칠월은 칠월이면 돌아오는 거라서

뜯어내 으깬 잎으로 국을 끓여 먹었다. 무릎에 새 한 마리를 올려놓고 덤불 덤불 우는 새를 따라

샛길 같은 목청을 갖게 되었다. 엄마 엄마 엄마

엄마를 부르면 저녁이 오고 집이 가까워지고 식구들이 모여 앉아 국을 떠먹는다. 자꾸자꾸 넘기는 국물처럼

가늘고 길게 이어지는 노래를 부르는 새가 무슨 새인지 모르면서도 노래를 부른다.

숨소리는 등 뒤에서 들린다.

야유회

빙 둘러앉아서 수건 같은 걸 돌리고 있다가 한 사람이 일어났으므로 따라 일어났다. 일어나면서 어지러웠는데

사과라면 꼭지째 떨어지는 기분이었을 것이다. 이게 시작이라는 걸 모르는 채

흙먼지를 일으키며 버스가 지나갔고 그게 영동에서의 일인지 빛을 끌어모아 붉어진 사과의 일인지

이마를 문질러도 기억은 돌아오지 않았다.

한 사람을 따라갈 때는 어디 가는지 몰라도 됐는데 한 사람을 잃어버리고부터는 생각해야 했다. 이게 이마를 짚고 핑그르르 도는 사과의 일이더라도

사람을 잃어버리고 돌아가면 사람들은 물어올 것이고

중간에 무슨 일이 있었는지 설명할 수 없는 나는 아직 돌아가지 못하고 있었다.

수상후보작

고영민

옥상 외

1968년 충남 서산 출생. 2002년 『문학사상』 등단.
시집 『악어』『공손한 손』『사슴공원에서』『구구』.
〈지리산문학상〉〈박재삼문학상〉 수상.

옥상

길옆 풀숲에 구두 한 켤레가
가지런히 놓여 있다

어디로 뛰어내린 걸까, 여자는

발밑을 내려다본다
까마득하다

누가 등 뒤에서 밀었을까
저녁 햇살에 어깨 기운 그림자가
난간 위에 선다

맨발의 여자가
머리가 깨진 채
마른 바닥에 쓰러져 있다

긴 호스

호스가
수도꼭지를 물고 있다
호스는 마당을 지나
꽃나무를 쓰러뜨린 채
감나무를 지나 풀밭을 지나 사라진다
입에서 항문까지 하나로 뚫려 있는,
땀을 뻘뻘 흘리는
호스

호스가 밟힌 듯, 꺾인 듯
물고 있던 수도꼭지를 얼른 뱉어놓는다
수도꼭지에서 물줄기가
사정없이 쏟아진다
호스 끝에 누가 서 있을까
물은 바닥을 때리며 쏟아지고
어딘가로 흘러가고

왜 안 올까
호스를 따라 걸어오는 사람은

호스는 도대체 얼마나 긴 걸까
목을 길게 뺀 채 호스가
속수무책 바닥에만
누워 있다

적막

매년 오던 꽃이 올해는 오지 않는다
꽃 없는 군자란의
봄이란

잎새 사이를 내려다본다
꽃대가 올라왔을
멀고도 아득한 길
어찌 봄이 꽃으로만 올까마는
꽃을 놓친
너의 마음이란

봄 오는 일이
결국은 꽃 한 송이 머리에 이고 와
한 열흘 누군가 앞에
말없이 서 있다 가는 것임을

뿌리로부터
흙과 물로부터 오다가
끝내 발길을 돌려

왔던 길을 되짚어갔을
꽃의 긴 그림자

목련

숙제는 주로 낮에 해두었다

학교를 가려면
외나무 목교木橋를 지나야 했다
걸어가면서 나는
구구단을 외웠다

교실 안에 더 작은 교실
가방 안에 더 작은 가방
책 안에 더 작은 책
필통 안엔
달그락거리는 더 작은 필통이
들어 있었다

하굣길엔 각자 발에 꼭 맞는
신발 한 켤레씩을 찾아 신고 나왔다

오리숫대를 따라
구불구불 흰 방죽을 돌았다

참외

참외는 지하철 선반에서 바닥으로 쏟아졌다
앉아 있는 내 발밑으로
데굴데굴 굴러왔다
사랑은 넋 놓고 있다가
굴러온 참외 하나를 주워 드는 것
찔끔 씨를 깔아놓은
깨진 참외 하나를 들고 있는 것
무성한 풀밭 사이
잘 익은 참외 하나
속이 곯은 노란 참외 하나
서늘한 바람 한줄기를 함께 내미는 것
그녀는 굽신 참외를 받아 검은 봉지에 담는다
달큰한 참외 향을 남겨둔 채
도망치듯 빠져나간다

목단

어린 시절 그 집 앞을 지날 때면
너 여자지?
놀리던 할아버지 한 분

목단 붉게 핀 마당 한켠을 빌려
서 있던

아니에요 저 남자예요, 대꾸를 하면
너 여자 맞아
웃으시던

늘 조마조마하던
빨리 지나치려 뛰어가던
일부러 멀리 돌아서 가기도 하던

그 집 앞

언제부턴가 마당은 텅 비어
목단만 혼자 붉던

그 집 앞을 지날 때면 아직도 들려오는
너 여자지?
너 여자지?
할아버지 목소리

꽃눈

나는 꽃눈을 보러 나오고
꽃눈은 무얼 보러 나왔나

내 눈 속에 꽃
꽃눈 속에 나

꽃이 피어나면
나 피어날까
나 피어나면 꽃도 피어날까

나는 꽃이 아니고 꽃도 내가 아니어서

나는 꽃눈을 보러 나오고
어린 꽃눈도
슬픈 나를 보았네

김 안

불가촉천민 외

1977년 서울 출생. 2004년 『현대시』 등단.
시집 『오빠생각』 『미제레레』.
〈김구용시문학상〉 수상.

불가촉천민

온몸으로 물을 껴안고 쓸쓸한 천국을 바라보고 있는 아이들과
물고기와
몸이 없었으면 주어지지 않았을 고통과 숨과 검고 매운 물줄기와
내 등 뒤에 숨어 국가를 바라보는 딸과
문학적인 삶 뒤에 숨어 딸의 뒤통수를 바라보는 나와
담배와 가족과
국가가 될 권리와
국민이어야 할 비루함이 나누는 전희의 폭력과
비참한 꿈만큼 비천한 언어들하고만 싸우는
쓰기와 무감의 나날들과
온종일 내리는 빗줄기의 비린내와 눈 감으면
나뭇가지 휘어져 깨져버리는 유리창들과
폭우와, 신과 용서와 함께
밀려오는 눅눅한 방에 갇혀 있던 내 사춘기들 이젠 너희의 사춘
기들
내가 써 내려가는 이 비루한 사랑의 파지破紙들
신마저 용서할 수 없는 사람들
하나의 얼굴
얼굴이 놓여 있던 자리에는 얼어붙은 물결들,

영영
보이지 않고 만져지지 않는

胡蝶獄

부끄러움도 없이 우는 사람들을 지나
우리가 남긴 국가의 찌꺼기를 지나
한눈에 보이는,
그러나 영영 닿지 못하는 날개 사이의 거리를 가로질러
독단적인 평화와 평화의 내러티브를 지나
말 없는 이들만 덩그러니 남은
말 많은 이들의 무덤 위를
나란히 신발을 벗어둔 병자처럼
지나
지나고 지나서
나비는 이 싸구려 낭만주의와 함께
밥 먹듯 신神을 바꾸던 나의 할머니와 함께
오시던가,
이윽고
딸과 함께 방 안에 나란히 앉아 방을 만들고 그 안에 또 다른 방
을 만드는
저녁나절이면
최소한의 뼈로 버티고 있는 저 무수한 방들을 버리고
방 앞에 놓인 신발들마저 버리고

맨발로
이젠 아무런 종교도, 카타르시스도 없이
걷다가 미쳐버린 이처럼—
얼굴이 사라질 때까지 울고 있는 사람들 사이를
수천 개의 얼굴을 한 침묵 사이의 감옥을
빠져나가는
나비처럼

바벨

파도는 죽은 입술들의 합만큼 거대한데
점점 사라지고 있는 무게와 두께들
그러나
기억으로부터 눈을 돌리는 기술들
기술을 사랑하는 기술들
이곳에서 우리는 낮고 나을 수 없고
더 낮게
최대한으로 평화롭게 불안에 떨 수밖에 없을 뿐
그뿐일까, 그것뿐일까 우리는 증오는
사람들의 다리를 부러뜨렸고
플래카드에는 머리를 맞대어 새로 발명한
의심을 망각하는 기술이 적혀 있고
그와 상관없이 머리를 맞대고 모여 앉아
호프와 쏘맥과 음탕을 즐기는 사이
우리는 그저 기술과 기법과 아방가르드를 사랑했을 뿐이었는데
폭삭, 우리는 귀신처럼 허옇게 눈발이 되어 쏟아져
아무도 믿지 않는 구원처럼
더 낮고
더 깊게 적재되어간다

그것뿐일까, 우리가 말할 수 있는 현실은
우리는 어디로 실려 가고 있는지조차 모르니
지하철에서 쩌렁쩌렁,
목청만 남은 노인네처럼 쓰자
쓸 뿐 쓰다
죽을 뿐
영영 죽어갈 뿐

우리들의 서정

세상의 모든 집들마다
감람나무가 심겨져 있으니 우리에겐 진리가 불필요할지도
비유를 버리고 선언을 버리고 신념과 엄살
마저 버리고 예언하듯
당신은 자정 넘은 시각 구로역 지붕 아래에 서서
애인을 버리다가 부둥켜안다가
눈발을 맞다가 진창이 되다가 부끄러움이 되다가 비밀이 되다
가 돌아오지
않다가 그러니 우리에겐 공동체가 불필요할지도
사소한 우리에겐,
영원히 난해할 것처럼 사사로운 우리에겐 드잡이할
당신만이 필요할지도
인간이란 단어와 사람이란 단어의 간극처럼
눈발이 진창이 되어 딸아이의 새 신발을 더럽히는 것처럼
전향과 변절처럼
옛 애인이 가고 싶어 했던 파타고니아와 눈 퍼붓는 낡은 구로역
처럼
우리가 악과 사랑으로 나뒹굴던 날들이
젖과 꿀이 되어 감람나무에 스미더라도 우린 그저

샅과 샅으로 이어진
사사로운 오역의 터널에 불과할지도
진리와 사랑이라 믿어왔던
멜랑콜리한 오역과 비문에 혹란하며 우리는 우리란
진창이 될지도
나무 위에는 죽어버린 악기들의 무덤처럼 둥글게 눈이 쌓이고
또다시 해가 뜨면 젖은 발 꽝꽝 얼어 땅에 박히고
사소한 것만이 영원한 관습이 되듯
창고에 적재되어 있다가 한데 불태워지는
단 한 번도 울려본 적 없던 악기들의 마음처럼
이토록 사사로운
마음의 잿가루만 폴폴 날리는

파산된 노래

모든 폭력적 평등들도

치욕의 자유들도

이미 죽은 조상들조차도 더 오래 살고 싶어 하고

그만큼 지옥은 쓸쓸해집니다 오래된 악몽 속에서처럼

늙지 않는 아비들이 반도半島를 제 성기인 양 매만질 때

공기 속 푸른 물빛들처럼

보이지 않는 역사들에게 모국어의 형상이 허락되지 않을 때

당신의 핏속에는

얼마나 많은 가족들이

얼마나 많은 죄인들이 흘러 다니고 있습니까

당신이 생일 선물로 내게 보낸 물고기는

내가 밤새도록 공글리는 단어와 단어들 사이를 부유하고

당신의 물고기에게는

조국도 국적도 필요 없고

한 이불 속 살과 살의 고요하고 불안한 체온조차 느껴지지 않습
니다

당신의 물고기는 아름다워야만 하고

나의 모국어는 성스러워야만 하고

이 시는 버려져야 하고

기억들은 감옥으로 들어가야 합니다
오늘 밤 나는 버려진 시들과 간음하면서
시든 어둠과 매춘하면서 늙습니다
이것이 나의 서정이고 신파이고 패퇴입니다
이제 아무런 아름다움도 느끼지 못하는 아이들에게 파산된 노
래를 가르쳐줄 때
늙지 마라, 늙지 마라,
당신의 물고기들이 나의 작은 물속에 싸지른 똥을 건질 때
생활을 위해 똥이 될 밥을 먹을 때
밥을 꿈꿀 때
당신의 물고기들은
꽃처럼 혁명처럼 불안하게 아름답습니다 불우하게
오늘도 나는 단 하나의 역사를 살아버렸습니다
당신의 핏속에 신음하는
이렇게나 많은 말 못하는 입들과
차가운 광장에 내몰려져 있는 기억들의 모국어들과 함께
불구의 반도에 생매장된 채로

우리들의 방

비겁해진 만큼 오래 살아야 한다.
순교하려는 사람들,
태어나려는 사람들에게
국가는,
신은
나타나는 만큼만 존재한다지.
모든 악이 지옥으로 귀결되지 않듯,
겨울이 끝나도 창이 투명해지지 않는 조국이 어딘가에는,
어딘가에는 존재할 것이다.
애인의 귓바퀴 속으로 혁명의 부드러운 혀를 굴려보지만,
죽은 새가 걸려 있는 겨울 하늘은 차갑고
투명하게 우리의 방으로 흘러 들어온다.
이 방은 좀처럼 뜨거워지지 않는다.
그럼에도 애인은 좀처럼 나를 떠나지 않는다.
불구의 나무들,
약탈과 기쁨의 노래들,
불임의 연애들,
당대는 오래 살아야 한다.
조국은 영원해야 한다.

모국어로밖에 사랑을 나누지 못하는 신세를 탓하자.
모국어에는 운율이 없고,
리듬이 없고,
혁명이 없다.
플래카드에만 존재하는 모국어.
그 아래에 악다구니는 후렴처럼 반복되고,
애인에게는 생활할 내가 모자랄 뿐이다.
더 많은 조국을 가진
더 많은 내가 필요하다.
다른 조국이, 다른 모국어가 어딘가 존재할 것이다.
나는 더 많이, 더 오래 살아야 한다.
이젠 나의 비겁을 사랑하자.
애인아,
이 많은 조국에서 自他一時 成佛道하자.

겹

우리는
모든 끔찍한 일들이 한 사람만의 탓인 것처럼
우리가 보아야만 했던
그 모든 비극과 단순과 비참들이. 그리고
일상을 나누던 이 방에서
우리가 사랑하는 이유도 싸우는 이유조차도
죽이고 싶도록
죽고 싶도록
한 사람만의 탓인 것처럼,
그렇게.
그렇게
우리는 말보다 빠르게 단죄하며 개종하며
입을 다물고선
살기 위해 조응하며
살기 위해 악마가 되어가는 우리라는 겹의 구조.
용서와 망각을 강요하는 국가라는 장소와
현실의 책들이 겹쳐지듯
우리는 애초에 불행의 겹으로 태어났는지도.
홀딱 벗은 채로야만 터지는

성스러운 사랑의 괴성과 공포스러운 세속의 괴성,
그리고
방 안 가득 부풀어 오르던 정직한 살과
살에 가까운 살들이 기어이 만나는 불행의 체위.
우리가 나누었던 말과,
말이 아니었던,
말의 그물을 물고기처럼 빠져나가던 말의 잔해*들이
겹의 구조로 뒤섞이는 밤,
영혼이 살을 만나 춤을 추듯
겹으로 누워
우리 중 누군가 그 한 사람이 될 때까지,
자유롭고 비참한 악마가 될 때까지.

* 존 버거, 「정복되지 않은 절망」 중

신동옥

겨울빛 외

1977년 전남 고흥 출생. 2001년 『시와반시』 등단.
시집 『악공, 아나키스트 기타』『웃고 춤추고 여름하라』『고래가 되는 꿈』.
〈윤동주문학상 젊은작가상〉〈노작문학상〉 수상.

겨울빛

솔잎을 긁나 보다

구름 틈으로 이 빠진 발톱 사이로

달래 순이 한 뼘 알뿌리까지 허옇게 쏟아붓는

빛살 날을 세운 산 능선에 꽁지를 붙들린

새 한 마리

가리나무 한 줌

파릉초

생장점을 쥐어짜며 길을 흔드는 이파리의 시

부름켜 이쪽저쪽을 오가는
한 방울 물기로

누구에게도 속삭이지 않은 말은 얼마나 될까?
두 번 다시 되뇌지 않을 말은 얼마나 남았을까?

결국 우리가 만들 사전은 다시 쓰일 테고
이제 당신이 꽃에 대해 이야기할 차례다.

어쩌면 우리가 믿는 시법詩法은
더는 그 무엇도 묘사할 단어도 아직 찾지 못한 백치의 혓바닥.

번번이 꽃을 놓치고도
마냥 쉴 것인지 조금 더 자랄 것인지 갈피를 못 잡고

별은 몇 개의 비밀을 간직한 듯 타오르고
바람은 익숙한 슬픔을 길들이는

오랜 수사였다.

열없이 반복되는 바보들의 수인사처럼
빛살에 몸을 섞는 그늘 아래로
새싹을 밀어 올리는 그림자의 파문

파릉초는 파릉초를 앞지른다.

깊숙이 더 깊숙이
그 말간 뿌리에 엉겨 날름거리는
희디흰 그늘 몇 낱.

사냥철

인간은 너무 오래 늙어서 삶이 싫증 났다
사냥철이면 잿빛 눈 속에 서본다
한 손에는 죽어 축 늘어진 짐승 다리짝을 움켜쥐고
다른 한 손에는 빈 올무를 감아쥐고
눈에 젖어 무거운 가죽 장화를 끌고 인간의 마을 쪽으로 한 걸음

한 걸음 어둠은 이파리에서 덤불로
숲 바깥으로 마을 담벼락을 넘어 지붕으로
번져가고 나무는 짐승의 표정을 고립시킨다
날갯죽지까지 하얗게 타들어가며 솟구치는
총성 속에서 새 떼가 흩어진다
녹아내리는 눈꽃을 부리에 물고

우듬지에서 이파리로
이파리에서 총구로 옷깃으로 발등으로 기어 내려와
멈춰 선 발자국을 다시 걷는 거미 한 마리
꽁지 끝에 반짝이는 겨울 빛을 끌고
눈발에 눈발을 엮어 눈부신 실을 자아내는
눈보라 끝없이 웃자라는 눈기둥 속에서

길과 숲이 뒤엉킨다

오늘은 아무도 해치지 않았고
어제는 사랑받는 꿈을 꾸었지 사냥철
인간은 꿈꾼다 고로 인간은 변할 것이다
죽어 사지가 빳빳하게 굳어가면서도 꾸역꾸역
가죽을 부풀리는 짐승의 배때기
배때기가 파랗게 파랗게 달아오르듯 그렇게
죽음까지도 먹어치우며 잠드는 가련한 몸뚱이
한사코 붉은 살점들

혀를 빼물고 볼때기를 축 늘어뜨린 채
쏟아지고 스미고 내리꽂히는 눈보라 밖으로
바깥으로 스스로 분출하고 터져 나오는 것들은 저마다 맥박을
가지지
들어봐, 마을 지붕 위에 눈발이 달리는 소릴
나무는 가깝고 숲은 멀어 더욱 빽빽한 어둠 속으로
북극성 아래로 마을을 지나 수풀을 날아 오솔길 절벽으로
봉인되는 거대한 원환 속으로

사냥철, 인간은 모두 한데 고동친다

마치 늪 속에 잠겨 팔딱대는 심장처럼
얼어붙은 피에 젖어 곱은 손등에서 솜털이 일어선다
이파리의 시절 나무는 삶을 지나치게 먹어치워서 푸르게 질렸지
사냥철, 떨켜를 키워 사지를 모조리 잘라내고 일어서려는 듯
먼 데 우듬지부터 제 빛깔을 되찾는 이파리들
것 봐, 향기와 악취가 동시에 스며드는 구멍과
구멍이 사람과 짐승을 잇고 있어

향기와 악취에 번갈아 취해가며
밤새 코를 킁킁거리는 일 역시 사냥철의 삶
햇살이 걷혀야 비로소 뚜렷한 숲과 나무의 결계 속으로
저마다 어깨 위에 사양斜陽을 휘감고 서둘러 숲을 빠져나올 때
등 뒤로는 버리고 온 수풀과 계곡
향기가 짙은 식물일수록 빨리 시들어
시든 이파리 위로 청산가리처럼 짙어가는 서릿발

이제는 폐색된 총구 속으로 걸어 들어가 달빛에

녹슨 방아쇠를 닦을 시간
마지막 표적을 잃어버려서
거울로 빚은 것만 같은 산등성이에 되비치는
마을을 따라 언젠가 마저 날고 말겠다는 듯
눈발이 일고 눈보라 치는 지붕 아래 벽이 서고
짐승 눈깔 같은 창틈으로 빛이 흘러나올 때

사냥철, 인간은
소실점을 향해 한 걸음 한 걸음 내딛는다
사냥철, 인간은 꿈꾼다 고로 인간은 변할 것이다
비록 오늘은 아무도 해치지 않은 표정으로 잠든다 해도
어제는 아무도 해치지 않은 몸뚱이로 사랑받는 꿈을 꾸었지
오늘은 아무도 해치지 않아서 어제는 사랑받는 꿈에서 깨어난
다 해도
인간은 꿈꾼다 고로
인간은 변한다.

어제의 시

부처는 손가락으로 시를 적었겠지. 법을 전하던 손가락 살아서는 법에 따라 고동치는 심장을 쓸어내리고 죽어서 살점이나마 맞닿기 바라며 빛나는 손가락. 당나라 새가 그걸 물어 와서 황제는 30년에 한 번 절을 했다지. 황제는 긴 잠에 빠지고 꿈의 독재가 시작됐다지.

이 순간부터는 짐이 역사의 전환점이 되리니. 한유(韓愈, 768-824)는 황제의 꿈을 대독代讀했다. 성벽에 붉은붓으로 적어 내린 포고령이 나부꼈다. 밤이면 방榜에서 혓바닥이 돋아났다. 도란도란 수런수런 파랗고 아늑한 불길이 일었다. 피죽바람이 불길을 성밖으로 데려갔다.

한유는 불길이 가 닿은 지평선을 응시했다.
내 땅은 파란 혓바닥 같고 말이 없구나

어제는 아름다운 시를 얻었고 꿈에 시인을 만났지 붉은붓을 소매 춤에 숨기고 그를 찾아갔지 매화나무 꽃그늘 아래 절 문을 두드리다가는 곧 밀었지 그러고는 울음도 없이 흐느끼는 시를 읽었지 내일은 시를 읽고 말없이 돌아와야지 가난한 시인에게 벼슬자리를

봐주어야지

가도賈島는 오늘도 시를 쓰고 있을까?

한유는 손깍지를 끼고 잠든다. 머리맡으로 당나라 새가 날아와 앉는다. 새는 부리 끝에 파란 불을 머금고 한유의 꿈속을 들여다본다. 날름거리는 불길에 되비친 새의 눈알 속에서 한유는 입술을 움직였다. 모든 시는 어제의 시다. 들릴 듯 말듯 낮은 소리로.

퇴고

아름다운 시를 얻은 밤에는 울음도 없이 흐느끼는 꿈을 꾸었다. 먼 곳에서 문장을 좇아 말을 달려온 이 하나, 인적이 드문 꿈의 빗장을 밀다가는 두드렸다. 그는 빗장을 풀고 어스레한 바다를 만난다. 비단 물결 위로 바람 한 점 일지 않고 어디선가 피리 소리 잦아든다. 새는 물가 가지 위에 잠들고 달은 낮 동안 빌려 온 빛살을 되쏘며 빛나고. 그는 서울에서 온 韓이라고 다짜고짜 어제의 시 좀 볼 수 없느냐고. 소매 춤에서 붉은붓을 꺼낸 그는 무언가 못마땅한 듯 글자를 한 획 두 획 지워나갔다. 붓끝이 스칠 때마다 달빛은 구름을 뿌리째 뒤흔든다. 가도(賈島, 779-843)는 사라져가는 문장을 헤아렸다. 손가락을 꼽으며 마음으로만 하나 둘 다시 하나 하나…… 나뭇가지에 앉은 새가 종잇장을 내려다보다 멀리멀리 날아 물살에 깃을 친다. 물결은 꿈이 깨도록 밀고 밀리고 알 수 없는 무늬를 그리며 잠든 시인의 눈꺼풀을 두드린다.

여수

유곽은 문어文語다.
문어는 가까스로 홍등을 내건
거리로, 게토의 궁창穹蒼으로 이어진다.

거리 밖에는 거리가
도시 끝에는 도시의 알리바이가
도사리듯 모두 여기 와서
몸 섞는다.

여기서 나고 자란 친구는 말한다.
마치 도깨비가 빛을 토하는 것 같군.
진흙탕에 고인 물은 차라리 얼어붙기를 바라겠지.

구어체로 꾹꾹 눌러써도
금세 잇새를 빠져나가는 억지 생소리들
한때는 한때의 알리바이가 있었고
희망이 있었지.

이제는 다만 물의 몫도

얼음의 몫도 아닌
희망도 피로도
가구거리 지나 다리 건너 수산시장 지나 구정물에 섞여 구 여수항
밤바다로 흐르고

흘러서 정든 유곽으로 다시
친구와 나는 이 거리에 맞춤한 말씨로
길을 잡는다.

초청강연을 거절하기 위해 쓰는 편지

친애하는 풍산고등학교 전○○ 선생님,

강연을 의뢰받고 구글맵을 통해 하남河南 지도를 훑어보았습니다. 디지털 지도의 흐릿한 픽셀 사이로 펼쳐진 농장과 과수원, 새로 솟은 아파트와 외곽도로, 이 땅 어느 도시에나 있을 법한 야트막한 산지와 실개천…… 분진과 두엄 냄새가 섞인 운동장에서 커가는 아이들의 살림을 그려보았습니다.

하남에서 어쩌면 저는 삶을 통틀어 가장 열렬하고 순수한 독자를 만나게 되겠지요. 아이들은 제게 1.시인이라는 직업을 선택한 이유, 2.시를 쓰며 부닥치는 어려움은 물론 삶에 들이닥치는 곤혹을 벗어나는 방법, 3.그리고 용기의 소재, 4.청년의 삶을 지탱할 단 한 줄의 아포리즘 등등으로 빼곡한 질문지를 보내왔습니다.

전○○ 선생님,

외람되게도 저는 강연을 수락하고 말았습니다.
우선 스스로 잊혀버린 학창 시절, 열여덟으로 돌아가 아이들이 내준 문제들 앞에 마주 앉았습니다. 10월 마지막 밤을 꼬박 지새

워 떠오르는 햇살로 캠프파이어를 대신한다는, 저로서는 상상조차 버거운, 장장 12시간 여정의 '문학의 밤'을 미리 그려보기도 했습니다. 우리는 먼저 안부를 나누겠지요.

아마도 날씨 이야기에서 강연은 시작됩니다. 모든 발자국은 저마다 호흡의 깊이를 가지기에, 우리의 만남은 우리가 유일하게 스스로 자신을 지킬 수 있는 곳으로 이끌리겠지요. 부디 10월 마지막 밤 그 하룻밤 '문학의 밤', 하남이 그런 땅이기를 바랍니다.

하남을 그런 땅으로 만들 수 있기를 바랍니다. 생면부지의 우리들은
제각각 살아간 땅을 지배한 기후와 그 땅을 지배한 그릇된 믿음의 정체政體에 대한 모호한 추측들에 사로잡혀서 오래도록 서로를 바라보겠지요. 안개처럼 우리를 둘러싼 안부는 그쯤 해서 그치겠지요.

밤이 이슥한 교정 곳곳에서
아이들은 옥상에 나란히 누워 은하수를 들여다보고, 아이들은 저마다의 운지로 악기를 매만지고, 어딘가에서 향긋한 요리가 익어가고 있습니다. 그리고 제 앞에는 백 개의 눈동자가 빛날 텝니

다. 침을 삼키는 소리마저 요란할 칠판 아래 서서 저는 무슨 글자를 쓰고 무슨 말을 내뱉을 수 있을까요?

　냉정한 저는 아마도 이렇게 말하겠지요.
　1. 시인이라는 직업은 고여 있는 삶을 스스로 정당화할 수 있는 마지막 알리바이였습니다. 2. 훌륭한 시인이 되기 위해서 꼭 배워야만 했던 기술이라고는 게으름뱅이가 되는 것뿐이었습니다. 제가 사랑하는 사람들은 늘 침묵하고 있었고, 침묵의 심연을 헤아리자니 그들은 얄밉게도 아름다워 보였으니까요. 3. 삶이 보장되는 땅에서는 누구도 공포의 신을 섬기지 않을 겁니다. 모든 사람이 노예가 될 수는 없지요. 필요를 절감한 자만이 노예가 되는 이유입니다. 용기라니요? (제가 '안녕? 용기를 가져'라고 쓰기는 했지요.) 시간은 아래로만 흐른다고 상상하고 수전노처럼 현재를 갈무리하세요. 매순간 삶을 낭비할까 두려워 마세요. 4. 속이 빈 나무를 시멘트로 가득 채운다고 상상해보세요. 여러분이 살아갈 이 땅은 지금 바로 그 나무이자 시멘트에 가깝습니다. 모순은 잡아챌 수도, 살아낼 수도 없습니다. 단지 꿈꿀 수 있을 뿐이에요.

　비관적인 저는 이렇게 말할 수도 있습니다.

1.약속은 약속에. 미치지 못했다는 사실을 깨닫는 순간 완성되듯, 시인이 되기로 스스로 약속했고 시인이 되었지요. 2.부모, 선생 따위는 인간이 얼마나 인간에 미치지 못하는 동물인지를 보여주는 화석과 같은 존재입니다. 시인 역시 마찬가지예요. 한 번도 실패했다고 느낀 적 없고, 그것이 내 마지막 실패겠지요. 3.용기란 혁명으로 멸망한 종족이 가지는 자기 연민이나 마찬가집니다. 자기 연민 속에서 여러분은 다시 멸망할 뿐입니다. 4.선을 취하해도 거짓이고 악을 취하해도 거짓입니다. 여러분이 살아갈 이 땅은 그런 곳입니다.

낙관적인 저는 이렇게 말하겠지요.
1. 시인이 되기로 스스로 약속했고 시인이 되었습니다. 약속에 미치지 못한 자신을 겸허히 받아들이는 순간 약속은 거짓말처럼 완성되었어요. 2. 삶에서 비롯되는 제약에 비하자면 시에서 비롯되는 제약은 얼마나 큰 축복인지 몰라요. 3. 나무는 그저 살아가고 있을 따름이라고 생각하며 잎을 틔웁니다. 삶을 낭비할까 두려워 마세요. 4. 문학을 이야기하는 자리면 자유라는 문제의 운명에 반응하지 않을 자유가 없습니다. 우리 앞엔 무수한 현재가 가로놓여 있습니다. 어쩌면 여러분과 저를 합한 숫자만큼의 지금이, 그것들

을 제곱한 숫자만큼의 지금이, 억겁의 현재가.

전○○ 선생님,

구글맵으로 본 하남은 아름다웠습니다.

'문학의 밤' 그 밤은 아이들에게, 선생님에게, 저에게 영영 잊지 못할 소중한 추억으로 남겠지요. 예상 답안을 미리 적어본 저는 영판 다른 방식으로 강연을 이어갈지도 모릅니다. 아니, 그래야만 강연은 소기의 목적을 달성하겠지요.

어떤 방식으로든 시를 정의하고 삶에 대한 태도를 정해야 완결될 수 있는 저 무수한 답변들 속에서 제가 어떤 말을 주워섬기든 그것은 정당방어를 위한 열렬한 정열에 불과할지도 모릅니다. 상상 속에서 쓰이고 지워지는 '문학의 밤' 그 밤에 대한 완전하고도 불멸하는 향수가 오히려 아름다워 보일 지경입니다. 아직 만나지도 못한 아이들을 상상의 교실에 앉혀두고

미리 써보는 초청강연은 어떻게든 실패하고 말았습니다. 인간은 아직 이름 짓지 못한 것만을 애도할 수 있다지요. 이 아이들과

시인인 저와 문학을 가르치는 전 선생님이 지나온 이 땅의 이름은 이미 어떤 '참사'와 '그릇된 믿음의 정체政體'로 확고합니다.

우리는 모두 그 이름을 알고 있기에 우리가 살아내는 문학과 삶을 애도할 힘마저 빼앗긴 것을 수도 있습니다. 이토록 많은 아이들이 저를 '시인'으로 불러준 것은 제 삶에서 처음 있는 일입니다. 10월 마지막 밤 우리 모두의 몫으로 주어진 '문학의 밤' 계속해서 답을 찾아보겠습니다.

전○○ 선생님, 편지로 답을 전할 수밖에 없는 제 곤혹을 이해해 주시기 바랍니다.
부디 이 편지가 아이들에게 읽히지 않기를, 저 또한 선생님과 같은 마음으로
간절히 바라고 바라며……

이만 줄입니다.

恩恩.

2015년 10월 21일 水曜日 새벽, 시인 신동옥 올림.

신용목

더 많거나 다른 외

1974년 경남 거창 출생. 2000년『작가세계』등단.
시집『그 바람을 다 걸어야 한다』『바람의 백만번째 어금니』『아무 날의 도시』.
〈시작문학상〉〈육사시문학상 젊은시인상〉〈노작문학상〉 등 수상.

더 많거나 다른

장님에게 햇살은 음악일 테지. 화사하게 연주되다 먹구름 아래에서 비를 맞는…… 귀머거리에게 노래는 따뜻할 거야. 부드럽게 내리쬐다, 부서진 악기처럼

내동댕이쳐지는 병신들.

병신들.
병신들.

열한 시에 열한 시를 만나기로 했다.
택시를 탔다.

다섯 시에 다섯 시를 만났던 것처럼,

물었지.

아름답습니까? 침묵의 온도와
밤의 음정,
음악이 아름다운 곳에서는 모두들 그래야 한다는 듯 우아하게

웃고 있었다.

　빗물이 유리창을 찢는 것 같았다.

·　늦은 시간이었고,

　나는 집 앞에 가 한잔 더 하고 싶은 마음이었다. 박수는 망친 악
보 같았다.

　열한 시를 택시에 태울 수 없어서
　우리는 헤어졌다.

　물었지.

　택시를 타고 멀어지는 나와 택시 뒤에서 멀어지는 열한 시와 그
때 빵, 순간을 때리는 경적 뒤에서 나뒹구는 악기에 대해.

　집 앞 테루테루에는 물고기가 비처럼 토막 난 채 도마에 올려져
있었다. 그것은 음악이었나? 소주를 마시며 그것이 햇살이라고 생
각했으니까.

　자주 마주치는 사람도 있고 처음 보는 사람도 있지만, 이곳에서
는 누구도 우아하게 웃지 않았다. 그때 어디에선가 병신들, 이라는

말이 들렸다.

모래시계

잤던 잠을 또 잤다.

모래처럼 하얗게 쏟아지는 잠이었다.

누구의 이름이든
부르면,
그가 나타날 것 같은 모래밭이었다. 잠은 어떻게 그 많은 모래를
다 옮겨 왔을까?

멀리서부터 모래를 털며 걸어오는 사람을 보았다.
모래로 부서지는 이름을 보았다.
가까워지면,

누가 누군지 알 수 없었다.

누군가의 해변이 끝없이 펼쳐져 있었다.
잤던 잠을 또 잤다.

꿨던 꿈을 또 꾸며 파도 소리를 듣고 있었다. 파도는 언제부터

내 몸의 모래를 다 가져갔을까?

누군가가 누군가를 부르면,

내가 돌아보았다.

누군가가 누군가를 부르지 않아도
나는 돌아보았다.

미안합니다

'고마워요'라고 하려던 말을 '고맙습니다'로 고쳐 하며, 탁자의
한쪽 모서리를 쥐고 있다. 탁자도 팔을 잃어버렸나 보다. 누구도
안을 수 없는 시간이 오래 흘러
　뾰족한 모서리로 남았을 것이다.
　말을 잃었을 것이다. 물을 엎질렀는데, 흘러내리지 않았다. 이렇
게 반듯해서, 침묵이 쏟아지지 않았다. 마침내 꽉 다문 입술로 조
금씩 뒤덮여가는 탁자 앞에서

　의자는 어떻게 참을까? 누구도 붙잡지 않으려고 의자는 끝까지
팔을 감추고 있다. 입을 숨기고 있다. 어둠이 밤새 창밖에 서 있으
면서도 제 눈빛을 들키지 않는 것처럼…… 그리고, 바람이 봄나무
아래 떨어진 그 많은 말들을 다 지우고, 오직 비를 빌려 하나의 꽃
잎을 유리에 붙여놓은 것처럼……

　아득한 공중에선 무슨 일이 있어났을까?

　이런 날은 꼭 누군가 벌떡 일어서며 탁자를 엎어버린 날 같다.
의자의 부러진 팔들이 나뭇가지로 흔들리고, 엎질렀던 물을 담기
위해 바닥이 유리창을 기어오르고 있다.

'미안해요'라고 하려던 말을 '미안합니다'로 고쳐 하며, 탁자 아래로 팔을 내리고 있다.

스포일러

극장은 처음 지어질 때부터 밤만 계속되는 곳이다. 마음처럼…… 마음의 수증기를 데리고
몸 밖으로 날아가는 목소리처럼,

너는 죽었다. 그리고 다시 나타나 무대 인사를 했다. 아름다운 밤이라고 했다.

비가 올 것 같은데……
우산은 미리 챙겨야 하는 것이다.

어떤 사랑은 혼자서는 할 수 없는 것이라고 했다. 내가 아직 사랑하고 있으므로…… 그는 죽은 것이 아니다.

한 아이가 길을 잃고 울고 있었다.

구름 뒤 달에게 물을 주고 있었다.

검은 우산을 펼친 것 같은 밤이었다. 아직 비는 내리지 않고 있었다. 그러나 네가 걷지 않은 밤은 없다.

그리고 네가 걷지 않을 밤도 없다.

아름다운 밤이다. 아름다운 밤이다.

중얼거리며,

집으로 돌아왔을 때…… 거기 내가 살고 있었다. 뻔했다. 영화
는 밤에 자는 낮잠 같다.

우리

"다시는 별을 쳐다보지 마."

우주로 낭비되는 슬픔이 싫다. 자꾸만 쏟아지면 텅 비게 될 행성에서, 텅 빈 구름만 나뒹구는 행성에서

천천히 해를 따라 걸으며 늙어가는 무리가 있다면,

별빛에 찔리는 밤이 있고

이 행성의 푸른 공에서 절망이 바람처럼 빠져나간 뒤에도 일그러진 채 굴러가는 뭔가가 있다면,

그게 우리일까?

눈보라의 미래, 물의 숲, 혼자 도착한 아침과 꿈의 정거장인 삶에 대해 생각하는 일이 가능한지 물어보는 슬픔으로

우리는 있어서,

"다시는 별을 쳐다보지 마."

그 말로 인해 다시 쳐다보는 밤하늘을 우리의 절망은 죽을 때까

지 걷도록 선고받았다.

끝없이 별빛에 찔리며 일그러진 뒤에도 굴러가는 달처럼.

나비
— Tattoo

내 왼쪽 어깻죽지에는 가을 새벽에 산을 오르는 호랑이 한 마리
가 있다.
그리고 지금은

낙엽이 겨울 바닥에서 차갑게 죽어가는 화요일.

꿈에서 덮었던 끝없이 펼쳐진 모포,
눈이 내리고

난로 위에서 주전자가 돼지감자 소리로 끓고 있을 때,
이런 문장이 떠올랐다.
죽음은 우리가 알 수 없는 세계의 중력이 체험되는 것이다. 메모
까지 하고
골몰한다. 무슨 뜻일까?

눈이 내리고

어디로 발을 뻗고 누워야 하나. 모포 바깥에, 이렇게 얼굴을 남
겨둬도 괜찮은 걸까?

나는 호랑이띠고,

호랑이 가죽에는 죽음이 붙어 있어서

가을의 끝에선 언제나 눈이 내린다. 태우지 않은 낙엽을 하얗게
덮는 재처럼,

천구백칠십사 년은 화요일로 시작되었다.

음력 팔월 하순 새벽의 사주는 물이 많아서
아무래도
화요일엔 죽지 않을 것 같다, 한 줄의 메모를 더 하고
왜 그런 기분이 들까?
그러나

모든 의미가 뒤늦게 따라오는 것처럼

어떤 이유도 되돌아 짚어보면 되니까.

가을 새벽에 산을 오르는 호랑이는 여전히 내 왼쪽 어깻죽지에
남아 있고
　지금은 불 위에 물이 놓여 있지만,
　나는
　괜찮다, 고 썼다가 지웠다.

　가을은 몇 살이나 되었을까?
　눈이 내리고

　끝없는 졸음 속으로 당기는 중력이 있어서, 우리가 알 수 없는
세계에 떨어진다면
　허공에서 아무렇게나 흩어져

　서로를 놓친 채로 쌓인다면,

　무심하게 주전자를 바닥에 내려놓듯이
　나는,
　하얗게 탄 물의 재를 가죽으로 입을 것이다. 마침내 어떤 꿈도
남지 않은 새벽에

깨어나 만져보면 그대로 부서지는 날개,

언제나 산 위에서부터 눈은 내리고,
가만히 혀를 대보면

맑게 흐른다.

돼지처럼 감자처럼 아득히 끓어오르는 꿈의 입술로 빨았던 나
비의 흰 젖.

내가 계속 나일 때

물이 끓는다
물이
사라지려 하고 있다
물
아닌 것이 되려 하고 있다
물
아닌 것이 되기 전에
사라지기 전에

보리차 티백을 넣는다,
베란다 화분에서 사철나무 잎 하나가 뚝 떨어지는 것처럼 눈이
내리고

오래전 봄날, 곰을 잡고 곰의 두개골에 화장을 해 숲으로 돌려보
냈는데
그 곰이 하얗게 돌아왔다고

생각하는 내가 있다,

그때까지가 가을이었으니까

창 밖 단풍나무 잎은 여태 지지도 않고 눈을 받고 있다 하나의
발자국이 다른 발자국의 바닥을 잠시 견뎌주고 있다

아직 떠나지 않은 생각이 잠시 나를 받아주고 있다,
생각하면

몸은 신전처럼 더워지고 예배처럼 슬픔이 모여든다

그때까지가 생각이었으니까,

나는 그냥 살았을 뿐이다

나는 계속 나였다

내가 끓었을 때
그가 왔다

그리고 식어가는 시간이었다

오 은

부재중 전화 외

1982년 전북 정읍 출생. 2002년『현대시』등단.
시집『호텔 타셀의 돼지들』『우리는 분위기를 사랑해』『유에서 유』.
〈박인환문학상〉 수상.

부재중 전화

딴생각을 하다 보니
시간에 금이 가 있었다

너는 그 시간에 다른 공간에 있었다

금이 간 시간 속으로
에테르*가 다했다

* 에테르ether, 원래 뜻은 맑고 깨끗한 대기大氣. 빛을 파동으로 생각했을 때, 이 파동을
전파하는 매질로 여겨졌던 가상 '물질이다.

기다리는 사람

골목에는 기다리는 사람이 있다. 골목에도 있고 큰길에도 있고 마트에도 있고 시장에도 있다. 학교 정문에도 있다. 아들이 엄마를 삼십 분째 기다린다. 남자가 여자를 삼십 일째 기다린다. 할아버지가 할머니를 삼십 년째 기다린다. 몸이 몸을 기다린다. 마음이 마음을 기다린다. 언제나 기다린다. 어디서나 기다린다. 도처에 기다림이 있다.

이번 달 생활비를 기다리는 사람이 있다. 기회를 기다리는 사람이 있다. 희망을 기다리는 사람, 성공을 기다리는 사람, 경쟁자가 실패하기를 기다리는 사람도 있다. 어제의 영광을 다시 기다리는 사람, 내일의 행복을 처음 기다리는 사람도 있다. 기다림을 반복하는 사람과 기다림을 번복하는 사람이 있다. 골목을 서성이다 휴대전화를 여는 손이 있다. 간절한 순간이 있다.

기다리는 사람 앞을 뛰어가는 사람이 있다. 기다리는 사람이 있는지 모르고 전속력으로 뛰어간다. 기다린 지 얼마나 오래되었는지도 모르고 이기적으로 뛰어간다. 기다림은 충돌하는 법이 없다. 하나의 열정이 하나의 기다림을 스쳐 지나간다. 헐떡이는 사람 뒤로 한숨을 내쉬는 사람이 있다. 뛰고 있는 두 개의 심장이 있다. 기다리는 사람이 있다. 기다림이 그림자처럼 길어지고 있다.

기다리는 사람은 그 사람이 언제 올지 섣불리 예측하지 않는다.

온다고 말한 적이 없기 때문이다. 기다리겠다고 겨우 말했을 때 그 사람은 이미 뒷모습이었다. 기다림이 시작된 순간이었다. 가만히 있어도 뒷모습은 멀어져갔다. 뒷모습이 작아지고 있었다. 기다림이 끝날 때까지 기다림은 해소되는 법이 없다. 앞모습으로 뒤를 좇는 사람이 있고 뒷모습으로 앞을 향하는 사람이 있다. 기다리는 사람은 뒤를 돌아보지 않는다.

삼십 분이 삼십 일이 되고
삼십 일이 삼십 년이 되고

만날 때는 안녕하고 싶어서 안녕
헤어질 때는 안녕하지 못해서 안녕

기다리는 사람이 골목에 있었다.
기다릴 때까지 있었다.

옛날 시

　꿈에 나온 사람들이 내 시를 가리켜 옛날 시 같다고 했다. 옛날 시? 얼마나 먼 옛날? 왜, 그 옛날 있잖아. 옛날 옛적에 할 때의 옛날? 그런 옛날 말고 우리가 흔히 말하는 옛날. 꿈에 나온 사람들이 배꼽을 잡고 웃기 시작했다. 나만 옛날과 동떨어져 있는 것 같았다. 나만 지금에 속하지 못한 것 같았다. 옛날을 찾기 위해 적극적으로 꿈을 꾸었다. 옛날에 도착해야 훗날을 기약할 수 있을 것 같았다. 아무리 뒤로 달려도 옛날에 가 닿지 못했다. 키가 점점 줄어들었는데도, 첫울음을 내지르기 직전까지 다다랐는데도 옛날이 나타나지 않았다. 옛날 시의 토씨조차 보이지 않았다. 옛날에 도착하지 못하면 옛날 시에 대해서도, 옛날 시 같은 시에 대해서도 알 수 없을 것이다. 나는 계속해서 옛날 시를 쓰게 될 것이다. 얼마나 먼 옛날이지 가늠할 수 없어서 앞을 내다보지 않고 내처 걸었다. 그 옛날로 가는 길에는 무수한 옛날이 있었다. 어떤 옛날에는 불온한 사상을 가지면 끌려간다고 했다. 어떤 옛날에는 장성한 사람이면 끌려간다고 했다. 어떤 옛날에는 창씨개명을 하지 않으면 끌려간다고 했다. 어떤 옛날에는 잡아끄는 대로 순순히 끌려갔더니 훈민정음이 창제되었다며 기뻐하고 있었다. 정작 백성들은 모르고 있었다. 다 옛날 일이었다. 삼국이 통일되던 날에는 비가 내려 뛸 수 없었다. 옛날이라 우산도 없어서 온몸이 홀딱 젖었다. 뒤늦게 소도에 도착했더니 죗값은 없고 죄와 값만 있었다. 죗값을 치르러 기원전으로 돌아갔더니 옛날 시는 없고 옛날 쑥과 옛날 마늘만 도처에 널려 있었다. 옛날 시는 없었지만 옛날 사람들이 보였다. 말을 걸어봤지만 내 말을 알아듣지 못했다. 나는 더 옛날의 시를 쓰거나 덜 옛날의 시를 쓰는 셈이었다. 옛날로 거슬러 올라갈수록 더욱더 옛날이 그리워졌다. 호랑이 담배 피우던 시절을 지나 마침내 태곳적에 도착했다. 그제야 그 옛날을 지나쳐 왔을지도 모른다는 생각이 퍼뜩 들었다. 지금에 다다르기 위해 또다시 질주했다. 엄마의 자궁에서 미끄러져 다시 앞으로 아득바득 기어가기 시작했다. 몸이 옛날 같지 않았다. 내 시는 그 시간만큼 옛날 시가 되어 있었다. 꿈에 나온 사람들이 또 다른 꿈으로 들어가며 침을 뱉고 있었다. 옜다, 옛날.

반지하

반은 지하라는 말은
반은 지상이라는 말도 될 텐데

공간은 왜 아래를 향할까
말은 왜 아래를 지향할까

피곤한 날에는
하늘이 더 높아 보였다

사람은 왜 위를 향할까
왜 자꾸 비상하려고 할까

이불을 뒤집어쓰고
땅속에 눕는 기분을 상상했다

반삶이라는 말은 없고
반죽음이라는 말만 있듯이

한숨은 왜 땅으로 푹 꺼질까

왜 새싹으로 다시 돋아나지 않을까

투성이

자외선이 안 좋대
방사능이 안 좋대
먼지가 안 좋대
미세먼지는 더 안 좋대

속마음을 털어놓으려고
걱정투성이가 불만투성이에게 다가갔다

날이 왜 이리 더워?
말이 돼?
내일은 더 더울 거라고 하네.
믿겨?

걱정투성이는 입도 뻥긋할 수 없었다
걱정만 더 깊어졌다

불만투성이가 걱정투성이를 이끌고
거짓말투성이에게 갔다
희망적인 이야기를 듣고 싶었다

만인이 평등해
열심히 노력하면 누구든 성공할 수 있어
내일은 오늘보다 근사한 하루가 될 거야
믿음만 있으면 어떤 역경도 헤쳐나갈 수 있어

거짓말투성이의 입이 열리자
가뜩이나 많았던 것이 더 많아졌다

걱정이 산더미인데
그 위로 불만은 쌓이고
거짓말은 터무니없고

사상누각의 오늘
앞은 뿌옇고
날은 푹푹 찌고

앞날을 예감하듯
실수투성이가 전속력으로 달려오고 있었다

무인공장

　무인공장에서 기술을 배웠다. 사람이 없어도 사람을 견디는 기술을. 사람이 없어도 사람인 채 버티는 기술을. 일은 기술과 상관없었다. 아침을 먹고 스위치를 켜는 것. 저녁을 먹고 스위치가 켜져 있는지 확인하는 것. 아침을 먹고 저녁을 먹는 것이 차라리 더 고된 일이었다. 무인공장에서 일어나 무인공장으로 출근했다. 사람이 없는 곳에서 사람이 없어도 되는 곳으로. 아침을 먹고 스위치를 켰다. 보지 않은 사이에 스위치가 꺼질까 걱정되어 점심은 걸렀다. 사람을 맞이할 필요도, 사람을 배웅할 필요도 없었다. 출근시간이 왔다가 노동시간이 왔다가 밥시간이 왔다가 다시 노동시간이 왔다. 정확한 간격으로 밥시간과 퇴근시간이 왔다. 기술적이었다. 퇴근이라고 쾌재를 부르면 메아리가 되어 공장에 울려 퍼졌다. 예술적이었다. 무인공장에 출근했다가 무인공장으로 퇴근했다. 무인공장에서 잠들 시간이 다가오고 있었다. 제시간이 갱신될수록 시간개념은 점점 희미해졌다. 시간은 가지 않고 늘 오기만 했다. 이상했다. 그렇게 오래 근무해도 기술은 늘지 않았다. 수상했다. 무인공장에 내가 있었다. 무인공장인데 내가 있었다. 무인공장인데 내가 있는 것이 유일하게 습득한 기술이었다. 어느 날에는 스위치를 켜는 심정으로 불쑥 내 이름을 발음해보았다. 무인공장과는 달리, 나는 이름이 있었다. 무인공장과는 달리, 나는 사람이었다. 저녁을 먹고 스위치를 껐다. 공장 내에 경보음이 요란하게 울렸다. 그제야 일이 기술과 상관있다는 걸 알았다. 해고를 당할 때에야 무인공장에도 사람이 있다는 걸 알았다. 해고를 당했는데 정작 공장에서 빠져나갈 기술이 없었다. 무인공장에서는 유입만 있고 유출은 없었다. 제시간은 항상 찾아오기만 했었다. 곤욕은 곤혹 전에 찾아와 곤경에 처한 것은 뒤늦게 깨달았다. 사람이 없어도 되는 곳에 사람이 있었다. 사람이 없어야 하는 곳에 사람이 있었다. 한번 꺼진 스위치는 다시 켜지지 않았다. 사람 구실을 하는 게 곤란해졌다. 비로소 무인공장이 무인공장다워졌다. 뭔가를 원해서, 뭔가를 원하지 않아서 입은 늘 벌린 채였다. 아침을 먹어도, 점심을 걸러도, 저녁을 먹어도 입은 늘 벌어진 채였다. 무인공장에서 기술을 배웠다. 사람 없이도 사람을 견디는 기술을. 사람 없이도 사람인 채 버티는 기술을.

그날의 전날

그날의 전날에는 비가 내렸다 눈이 내린다고 했는데 비가 내렸다 길은 얼어붙는 대신 질척이기로 마음먹었다 일기예보에서는 내일은 반드시 눈이 내릴 거라고 했다 앞으로 일어날 일을 미리 알려주는 것은 도움이 되는 일이다 재미는 없는 일이다 TV를 끄려는 찰나, 아나운서가 말했다 속보가 들어왔습니다 들어오기만 하고 나가지는 않는 것은 돈이 되는 일이다 모험은 없는 일이다 눈알을 굴리고 귓바퀴를 굴리고 마침내 머리를 굴리는 데 성공했다 유명 정치인이 돈을 굴려 큰돈을 만들었다고 했다 저지르는 데 성공하고 저지른 것을 숨기는 데 실패했다고 했다 유명 정치인이 범죄를 저질러 더욱 유명해졌다는 내용이었다

　─내일 눈이 내리면 눈을 굴려 눈덩이를 만들자 눈덩이를 굴려 눈사람을 만들자
　─비는 싫은데 빗소리는 좋아 눈은 좋은데 눈밭은 싫어

우리는 내일 서쪽에서 뜨는 해를 보기로 약속하고 눈을 감았다 반달 같은 눈썹과 초승달 같은 눈썹이 그날을 향해 파르르 떨렸다

하재연

최소한의 숲 외

1975년 서울 출생.
2002년 『문학과사회』 등단.
시집 『라디오 데이즈』 『세계의 모든 해변처럼』.

최소한의 숲

발생하지 않는 사물들에 뿌리를 내린
극미량의 이끼처럼

격렬하게 죽어가는 삶의 내면의 고요함

밤으로 이루어진 숲속에서
지워지며 생겨나는 하나의 검은 나무의 윤곽

영원히 내리지 않을
4월의 눈

썩은 열매들의 냄새를 맡고 나는
내가 기입되지 않은 내 꿈의 지도에 도착하였다.

너의 라디오

주파수를 영원히 맞출 수 없는 라디오는
아직 라디오라고 불리고 있다.
라디오로 남아 나의 머릿속에 작은 구멍들을 낸다.

라디오는 내가 사랑하는
라디오는
검고 수많은 구멍이 뚫린 라디오였는데
검고 수많은 뚫린 구멍들의 라디오로 남아
나에게 현실의 음악을 들려주지 않는다.

라디오는 라디오가 아닌 이름으로
불려본 적이 없으니까
자신의 검고 수많은 구멍이 이제 무엇에 소용되는지
알지 못한다.
영원히 알지 못할 것이다.

개의 꿈을 대신 꾸고
나는 도둑개를 내쫓았지만,
그건 진짜 개의 꿈은 아니었고,

소시지를 훔쳐 간 것은 개가 아니었고,
나는 진짜 도둑이 아닌 개의 가짜 꿈을 꾼
개 주인이었고,

쫓겨난 개는 한없이 나라는 주인의 오두막 주위를 떠돌고 있었다.
이상하게 끝나지 않는 겨울에.

스노드롭

눈동자 없는 노루의 눈물 한 방울과

불가리아 갈란타민 아세틸콜린 알츠하이머 알칼로이드
녹는점 130도
무색의 주상결정과 같은

물질이 된 너의 웃음을 발견한 순간

아름다운 복잡한 기술로
제작되지 않은 글자들로만 쓰인 책의 한 페이지 귀퉁이가
접혔다

분화구 속으로
4월의 눈송이들이 끝없이 떨어진다

너의 무색 웃음이 내 손가락들 사이로 빠져나간다

너는 결정되지 않는
수식

풀 수 없는 순열로만
아름다워졌다

화성의 공전

암뿌우르에 봉투를 씌워서 그 감소된 빛은 어디로 갔는가
— 이상, 「지도의 암실」

지구에서 지낸 밤이 깊어갈수록
나는 점점 더 부족해진다.

더 많은 나의 숨이 필요하다.

뒤집어져 불길로 타오르는 것
망가진 고요를 통해서만
나는 너를 조금 이해한다.

오래전의 미래를 향해 침식되는 대기

두 개의 영혼 사이에서 부서지는 인간의 마음

인간의 죽음과는 연관하지 않고
아름다운
푸른 불꽃의 석양 쪽으로 가산되는

꿈의 시간들

이제 나는 화성의 고리가 되어가고

발생하는
희미한 빛

합주곡

영원 비슷한 것,
이라고 나는 말했다
물에 스며드는 핏방울 비슷한 것, 설탕 인형의 기억 비슷한 것,
끝이 이어지지 못한 ㅇ 자 비슷한 것,

뒷부분을 어떻게 마칠지 기억나지 않는 피아노 연탄곡을 치고
있었다
이상하구나,
나는 피아노를 배운 적이 없는데
체르니, 라는 발음을 좋아했을 뿐인데

이건 너무 심한 벌이다
내가 태어나기 전에 녹음된 내 목소리가 자막으로 흘러나오고
있었다

이제, 옆 사람과 미소를 찡긋 교환하자, 그리고
인사를 하려 했는데

청중이 한 명도 없다

눈을 비비고 보니 객석은 흑백의 바다였다

천장으로부터 쏟아지는 조명이 우주선의 빛 같았다
이티처럼 느리게 빨려 들어갈 수는 없었다
콜 미 홈

유리의 창

고무인간처럼 팔을 최대한 길게 늘여 바깥을 닦아야 한다 안이 잘 보이는 게 좋으니까, 풍경은 투명해야 떠오르고, 그런데 헝겊으로 내가 가장 잘하는 일은 얼룩을 만드는 것,

새벽 3시에 당신의 화면이 계속되는 것을 본다 당신은 꺼지지 않는 시간에 당신의 시간을 잇대려 한다, 이런 식으로는 끊어질 수 없으니까 당신과 나는

얼룩을 더하는 방법으로 나의 손가락은 끝말잇기를 계속하였고 글자들은 구름에게 금세 지워진다

구름만큼 아름다운 것은 세상에 존재하지 않습니다, 당신의 채널은 구름을 홍보하고 끝없이 중계되는 구름의 시합과 구름의 판매량과 구름의 여행지

당신이 동시에 세 나라 말을 듣는 동안 나는 나의 나라를 잊어서 내 나라 말을 아기처럼 배우고, 처음으로 발음하지 않은 것을 어떻게 사랑할 수 있어요?

여러 겹의 구름들이 당신의 목소리를 통역해준다 구름을 통해
서만 만져지는 목소리의 뼈가 있다 이제 창은 당신의 구름들로 터
져 나갈 것 같다 나는 유리의 금을, 처음인 듯 발견하게 되고,

아무래도 닦이지 않는 것이었다
그것을 열었다 닫으며 금 간 풍경이 다시 끼워진다
투명하고 아름다웠다

모르는 사람

이제는 팔리지 않는 지도라고 한다

낯선 개정판들의 더미 속에서
나는 모르는 사람이 되다가

좀처럼 사라지지 않는 점처럼

깜빡이다가

점의 그림자가 꾸는 빛의 꿈을
떠올려본다 잘 그려지지 않는
가시광선을 향해

벌어진 홍채들의 깜깜함

오므라졌다 펴졌다 숨을 쉬는 것들

색깔이 부족한 느낌으로
꿈 밖의 프리즘을 끌어왔다

불투명하게
분산하고 있었다

역대 수상시인 근작시

가출 외
이승훈

개미와 한강 다리 외
최정례

빈 병 저글러 외
김경후

이승훈

가출 외

1942년 강원도 춘천 출생. 1963년『현대문학』등단.
시집『사물A』『당신의 방』『비누』『이것은 시가 아니다』
『화두』『당신이 보는 것이 당신이 보는 것이다』등.
〈현대문학상〉〈한국시인협회상〉〈이상시문학상〉〈시와시학상〉〈불교문예상〉등 수상.

가출

　처음 가출한 건 춘천고 2학년 여름이다. 강원도 화천군 양지마
을 입구에는 초등학교 운동장이 있었지. 조그만 영한사전 들고 찾
아간 화천. 아무도 없던 학교 울타리엔 해바라기만 피어 있었다.
해를 따라 돌아가던 해바라기, 방학으로 텅 빈 학교, 아버지는 마
루에 벗어놓은 내 손목시계를 들고 나가셨지. 아버지 병이 깊어가
던 여름 난 처음으로 집을 나왔다. 아버지의 병과 화천의 텅 빈 여
름 초등학교 운동장과 해바라기. 난 사전을 들고 있었다.

춘천의 봄

주머니에 손을 찌르고 공지천 다리 건너면 봄이 히히 웃으며 온다. 바람도 불지 않는 오후 두 시 햇볕 한 움큼 던진다.

바보야 비 온다

그는 웃으며 누워 있네. 주먹밥 먹으며 히히 웃는 바보야 웃지
마라. 웃으면 바보야 비 온다. 마당에 누운 사람 와락 소리 지르며
일어나도 사람들은 모르리. 아무에게나 달려들어 "한마디 일러라"
지나가는 바람이 한마디 하고, 누운 사람 일어나 "어쩐 일이오?"
묻지만 비가 내리고 있다. 계곡의 물소리는 악을 쓰고 누운 사람
히히 웃으며 흘러야 하리.

죽은 누이동생 생각

겨울 눈 보면서 죽은 누이동생 생각난다. 오빠는 오래 살고 동생
은 일찍 죽고, 겨울 논 겨울 논 오빠는 오래 살다 오른 팔다리 병신
이 되고, 울진 작은 방에 잠시 들른 겨울, 방학이 되어 집으로 가는
길이었다. 너는 구석에 밥을 놓았지. 울진여중 1학년. 식구들은 울
진 산골에 살고 있었지. 길가에 있던 너의 자취방, 그러나 너는 일
찍 죽고, 나를 보면 씨익 웃던 명훈이도 죽고, 나만 이렇게 오래 산
다. 겨울 눈 보면서 풀리는 건 무엇인가.

가을빛

가을빛은 내려라. 시골길 가느다란 길, 청바지 입고 가는 길, 하얀 셔츠 가죽 허리띠 가을빛은 내려라. 길가에 핀 코스모스 멀리서 달려오는 가을빛 광목 한 조각 뒤에는 아무도 없고 가을빛은 내려라. 건용이 아저씨 생각도 나고 아저씨 집은 여관이었지. 고등학교 1학년 때 같은 반이었던 아저씨 가을해가 드는 쪽에 모여 놀 때, 붉은 스웨터에 곤색 바지 입고 마당에 수돗물 받으러 온 여학생도 있었지. 물지게 지고. 가을빛이 한 벌의 옷이다. 가을빛 가을빛은 내려라.

바람에 날리는 흰 눈

바람에 날리는 흰 눈 본다. 잠바 입고 모자 쓰고 나가면 바람 불고 흰 눈 날린다. 하루 종일 앓고 저녁 무렵 문을 밀면 흰 눈, 흰 눈이 날린다. 몸이 아파 책도 못 읽은 날들이 3년째, 시도 왼손으로 쓰지만 오늘은 눈발 날린다. 신문 읽다가 신문 여백에 시를 쓴다. 저녁 여섯 시 바람에 날리는 흰 눈이 나야. 나도 없고 너도 없고 흰 눈만 있다.

정형외과

1

기인 복도가 끝나면 정형외과 2층. 오늘은 선글라스 벗어 손에
들고 걷는다. 복도엔 사람들이 없다. 일주일에 두 번 들르는 병원.
대기실엔 나이 든 여인과 중년 여인이 앉아 있다. 나이 든 여인은
귀에 손을 대고, 중년 여인은 고개를 숙이고 있다. 문이 열리고 또
중년 여인이 들어온다. 접수를 마치고 신문이 놓인 탁자 앞에 등을
구부리고 신문을 읽는다.

2

원장실에서 환자 부르는 소리가 난다. 나이 든 여인과 중년 여
인이 함께 들어간다. 나이 든 여인 발걸음이 서툴다. 두 여인이 나
오고 내 차례다. 나이 든 의사는 별말씀 없이 종이에 사인을 한다.
2년 넘게 물리치료. 간호원이 주는 종이를 들고 물리치료실로
간다. 치료사는 커튼을 치고 발바닥에 약을 바른다. 나는 침대에
누워 있다. 그녀는 발바닥에 약을 바르다가 잠시 쉬는 모양이다.
"아무 생각 없이 쉴 때가 있어요" 그녀의 말이다. 아무 생각 없이.
그렇다. 아무 생각 없이.

최정례

개미와 한강 다리 외

1955년 경기도 화성 출생. 1990년 『현대시학』 등단.
시집 『내 귓속의 장대나무 숲』 『햇빛 속에 호랑이』 『붉은 밭』
『레바논 감정』 『캥거루는 캥거루고 나는 나인데』 『개천은 용의 홈타운』 등.
〈김달진문학상〉 〈이수문학상〉 〈현대문학상〉 〈미당문학상〉 등 수상.

개미와 한강 다리

개미 한 마리가 한강 다리를 지나가면 다리가 휘겠니, 안 휘겠니? 뭔 소리 하는 거야, 개미 한 마리에 어떻게 한강 다리가 휘겠어? 이 세상 개미 모두가 북한산만큼 모여 한강 다리를 건너가면 다리가 휘겠니 안 휘겠니? 그야 당연히 휘겠지, 북한산 실은 기차가 지나가는 것처럼. 그렇다면 개미 한 마리가 지나갈 때도 눈에 보이지는 않겠지만 그 한 마리 무게만큼 한강 다리가 휘어야 하잖아. 거의 무에 가까운 무게지만 무게는 무게거든, 그 무게만큼의 어떤 생각, 있다고도 할 수 없고 없다고도 할 수 없는 한 생각이 드나들고 있는 것 같다, 계속 오고만 있고 아예 와버리면 안 된다는 듯이, 네 생각도 그렇게 오더라, 까맣게 잊고 있다가도 어느 날 깨어보면 분명 간밤엔 오고 있었고 어느새 가버린 거야, 그래야 다시 올 수 있다는 듯이, 그렇게 현실에 전혀 영향을 미치지 못하는 것이 실은 막대한 힘으로 작용하면서 꿈속에서 생각 속에서, 존재의 무게가 거의 없는 것이, 생각의 무게 같은 것이 지나간다. 방금 한강 다리가 아주 약간 휘청했다.

내일은 결혼식

신발을 나란히 벗어놓으면
한 짝은 엎어져 딴생각을 한다

별들의 뒤에서 어둠을 지키다
번쩍 스쳐 지나는 번개처럼

축제의 유리잔 부딪치다
가느다란 실금
엉뚱한 곳으로 방향을 트는 것처럼

여행 계획을 세우고 예약을 하고 짐을 싸고 나면
병이 나거나 여권을 잃어버리는 것처럼
가기 싫은 마음이
가고 싶은 마음을 끌어안고서
태풍이 온다

태풍이 오고야 만다.
고요하게 자기 눈 속에 난폭함을
숨겨두고

내일은 결혼식인데 하필 오늘
결혼하기 싫은 마음이 고개를 쳐드는 것처럼

고슴도치에게 시 읽어주기

지금 뭐 해? 일. 무슨 일? 그냥 일. 바빠? 아니 안 바빠. 헛소리
해도 돼? 해 봐. 나 헛소리할 권리 있다. 왕창 헛소리하고 싶다. 시
읽어도 돼? 안 돼. 시가 싫어. 왜? 그냥 가려운 게 싫어, 긁어대기
도 싫고, 아, 그러지 말고 다른 세상과 접촉을 해봐, 싫어, 싫단 말
이야, 내 앞에서 절대 시 읽지 마, 짜증나. 그렇게 가시털 세우지
마, 곧장 사라져줄게, 족제비처럼, 족제비 나뭇가지 하나 입에 물
고* 물에 빠지러 가는 것처럼 이제 간다. 무슨 소리야? 벼룩을 일
망타진하려면 우선 족제비가 제 꼬리를 물에 담가야 돼, 그러면 벼
룩들은 족제비 배로, 허리로 피신하지, 다음엔 가슴까지 목까지 잠
기게 하는 거야, 벼룩들이 머리로 몰려가 우글대겠지, 그때 온몸을
물에 담가, 나뭇가지 물고 있는 입만 달랑 띄워놓고, 그럼 벼룩들
이 나뭇가지로 옮겨 가겠지? 그러면 이제 해방이야, 나뭇가지 하
나 둥둥 떠다니고 거기서만 벼룩이 우글대겠지. 시는 이제 몸에 없
어, 됐지? 물에 둥둥 떠다니게 내버려둬.

* 이덕무의 『이목구심서』에서 인용 변주

겨자 소스의 색깔

식사를 주문하면서 음식에서 겨자 소스를 빼달라고 말하는 너, 겨자 싫어해? 물으니 색깔이 싫단다. 이상한 상상을 하게 한단다. 나도 따라 이상한 상상을 하게 된다. 절대로 이해할 수 없는 것들이 있다. 그 이야기를 하기 위해서는 거기 가닿기 위한 시간이 필요하다.

ATM에서 송금을 하려는데 비밀번호가 틀렸다고 한다. 도대체 몇 번째인지 모르겠다. 세 번, 네 번, 마지막으로 한 번 더 틀리면 끝이다. 누군가 내 눈과 입과 귀에 덮개를 씌워놓았는데 혼자서는 벗을 수가 없는 것이다. 신분증을 가지러 집에 들렀다 다시 와야 할 시간, 번호표를 쥐고 서서 기다려야 할 시간, 분명 맞는 것 같은데 아니라고 하네요. 분명 내 기억이 맞아요, 맞다구요. 은행 창구에서 이러고 있을 수도 없고

이해 못할 숫자들, 이해 못할 겨자 소스의 색깔, 내가 한때 빠져지냈던 앤 다케후지가 입었던 겨자색 카디건, 네가 두려워하는 겨자 소스의 색깔과는 전혀 다르다, 앤 다케후지는 멸치를 못 먹겠다고 했다. 그 작은 멸치의 눈을 어떻게 씹을 수 있느냐고, 제정신 가지고 어떻게 그 작은 멸치 눈을 씹느냐고

겨자를 먹으며 코를 틀어쥐고 눈물을 흘리면서 너에게 휩쓸렸던 시간, 기차 타고 북해도를 지나치는 길에 팔운八雲이라는 작은 바닷가 마을을 보았다. 여덟 개 구름이라는 뜻의 야쿠모, 바닷가의 팔운은 분명 팔원이 아니다. 내 나라가 아니다. 겨자 소스의 색깔은 겨자색 카디건과는 천지 차이고, 멀고 멀다. 백석의 시, 진진초록의 팔원을 생각하려 해도 그 시간으로 접근해 갈 시간이 필요하다. 그 시간을 향해 내내 이유 없이 걸어가야 하는 시간, 여덟 겹 구름보다 먼 묘향산, 개마고원, 북신, 팔원, 이름만이라도 만지면서 가야 할 시간이

자리

난 다리가 아파서 앉아야 하는데 젊은 사람이 여길 왜 차지하고 있는 거야? 이 아줌마는 심장이 아프대요. 심장은 안 앉아도 돼, 다리 아픈 사람이 앉아야지. 저도 나이는 꽤 먹었다구요. 염색을 해서 그렇지, 민쫑 깔까요? 젊은 사람도 아프면 앉아야지 노인만 아프라는 법 있나. 할아버지는 내가 얼마나 아픈지 알지도 못하면서 왜 이 아줌마 편들어 참견이야? 참견이 아니라 맞는 말이잖아, 늙었다고 꼭 앉으란 법은 없지. 저기 서 계신 할머니는 75세라는데 배낭 메고 등산 갔다 오시잖아. 할아버진 등산 안 다니고 왜 여기 앉았어? 앗 여기 어디지? 난 당산에서 내렸어야 하는데 지나쳤네. 당신이 말 시키는 바람에 지나쳤잖아. 아니 자기가 알아서 내려야지 왜 남 탓을 해. 지나쳤지만 괜찮아 가양역에 내려 딸네 집에 가면 되니까. 아니 다 늦은 저녁에 왜 딸네 집엘 가, 자식들 구찮게 하지 마. 내가 딸네를 가건 아들네를 가건 왜 참견이야. 다 저녁때 자식들한테 가면 밥 차려주기도 구찮지, 남자 노인들은 눈치가 없다니까.

어제 무지막지 재미없는 영화를 보았는데 이 노인들 앞에 서게 된 것은 그 영화와는 상관없는 우연일 것이다. 구닥다리가 되기로 작정하고 끝 장면을 향해 간다는 것이 유사하긴 하지만. 끝 장면에 가면 혹시 뭔가 반전이라도 있을까 해서 졸면서 참다가 억지로 깨어 끝까지 지켜보았지만 재미없는 영화는 끝도 역시 재미가 없다. 예쁜 딸을 데리고 사는 예쁜 과부에게 죽은 남편의 친구들인 세 남자가 연정을 품고 있으나 불결하다고 재혼은 하지 않겠다는 구닥다리 일본인들의 영화. 개미허리에 달걀형 얼굴의 여배우들이나 오락가락하게 만들어놓고는 그것도 영화라고 수입해 별표까지 붙여줬다. 생면부지의 낡은 인생들이 자리 하나 놓고 티격태격하다가 같은 역에서 우루루 내려버리는 노약자석 그이들의 끝 장면, 그것도 참 그렇다.

찢어버린 시

거지같이 쓰여진 시는 찢어버리면 돼
찢어버리고 다시 쓰면 돼
그런데 휴일 날 셔터 내린 은행 문 두드리며
이놈들아 내 돈 내놔, 내 돈 내놔, 소리치는 저 여자
그게 어떤 돈인데, 내놔,
당장에 내놓지 못하겠니?
은행 문 때려 부수는 저 여자
저 여자, 어떡하나
거지 같은 시 찢어버리고 찢어버리고
그러다가 언젠가는
대뇌에서 전두엽에서
뭔가가 툭 끊어지면서
필라멘트 간당거리듯 저렇게 발작이 시작된다면
죽어야 되겠지, 죽지 뭐,
그런데 겉은 멀쩡한데 죽기가 쉬운 줄 알아?
멀쩡하다가도, 깜빡,
끊어졌다가 붙기도 하면서
그런데 여기는 어딘가요?
햇살요양병원이라고 말했잖아요

내가 왜 여기 있지요?
여기 주소와 전화번호 좀 적어주세요
방금 적어줬잖아요,
아, 그랬던가요?
도장은 절대 내놓지 않을 거야
인감도장은 절대 빌려주면 안 돼
실례지만 볼펜 좀 빌려주실 수 있어요?
다시 적을게요
그렇게 적고 또 적어가면서
고쳐 산다면 고쳐질까
노숙자처럼 아무 데서나 드러눕는 시들
문인회 후원해주겠다는 경제과 선배랑
술 먹다가 시 쓰는 이영광이
꼴랑 백만 원 주면서 뭐 그렇게 말이 많아?
하고는 휙 가버렸다
난 수습하려고 남아서 웃으면서
선배님, 내년에도 후원해주시는 거죠?
하고는 즉시 고쳐 말하고 싶었다
노후가 보장된 연금 수급자들

예술원 회원 되려고 줄 서는 사람들
그들 웃으면서 만나러 다니지 말고
고쳐 살 수 있다면 고쳐 살고 싶었다
쓰던 시 다 찢어버리고.

안내 말씀

08:52

승객 여러분 잠시 안내 말씀 드리겠습니다. 현재 자리에서 움직이지 마시고 안전봉을 잡고 대기해주시기 바랍니다. 안전봉을 잡고 대기해주시기 바랍니다. 이동을 하시면 지금 위험하오니 안전봉을 잡고 대기해주시기 바랍니다. 선내 승객 여러분들께 다시 한번 안내 말씀 드리겠습니다. 현재 있는 자리에서 이동하지 마시고 ~ 바랍니다. 현재 있는 자리에서 움직이지 마시고 안전봉을 잡고 ⋯⋯현재 계신 자리에서 이동하지 마시고 ~ 현재 위치에서 움직이지 마시기 바랍니다. 다시 한번 승객 여러분들께 안내 말씀 드립니다. 현재 계신 위치에서 ~ 현재 자리에서 이동하시면 위험하오니 ~

08:56

현재 계신 장소에서 움직이지 마시고 주변에 잡을 수 있는 봉이나 물건을 잡고 대기해주시기 바랍니다. ~안내 말씀드립니다 ~ 절대 움직이지 마시기 바랍니다.

09:06

선내 단원고 학생 여러분 및 승객 여러분께 안내 말씀 드립니다. 현재 위치에서 절대 이동하지 마시고 대기하여 주시기 바랍니다. 다시 한번 말씀드립니다 ~절대 이동하지 마시고~ 승객분들께서는~ 다시 한번 안내 말씀 드립니다. 구명동의가 착용 가능하신 승객 여러분들께서는 구명동의를 착용하여주시고 ~ 승객 여러분들께서는 현재 위치에서 절대 이동하지 마시고 대기하여 주시기 바랍니다.

09:07

선내 다시 한번 안내 말씀 드립니다. 구명동의가 손에 닿으시는 분들께서는 다른 승객들께 전달 전달하셔가지고 입으실 수 있도록 조치를 취해주시고 현재 위치에서 절대 이동하지 마시고 대기해주시기 바랍니다. 다시 한번 안내 말씀 드립니다. 현재 위치에서 절대 이동하지 마시고 구명동의가 ~한 곳에 있으신 분들께서는 전달, 다른 승객분들께 구명동의를 전달하셔서 다른 분들도 구명동의를 착용할 수 있도록 도와주시기 바랍니다. 현재 위치에서 절대 이동하지 마시기 바랍니다.

09:14

현재 위치에서 절대 움직이지 마세요. 움직이지 마세요. 움직이면 더 위험하니까 움직이지 마세요.

09:26

선내 승객 여러분께 안내 말씀 드립니다. 해경 구조정 및 어선 접근 중, 10분 후 도착 예정입니다. ~하시고 ~서 기다리시기 바랍니다.

09:28

선실이 더 안전하겠습니다. 단원고등학교 학생들에게 다시 한번 말씀드리겠습니다.

09:29

~소리를 질러 ~권지연 어린이! 권지연 어린이 지금 3층에서 ~ 움직이지 마시고 기다려주시기 바랍니다. 지금 현재 위치에서 ~ 어선들이 접근 중에 ~ 현재 위치에서 이동하지 마세요.

현재 위치에서 안전하게 안전하게 기다려주시기 바랍니다. 현재 해경 헬기가 본선 접근 중입니다. ~기다려주시기 바랍니다

09:35

해경이 오고 있으니 현재 위치에서 움직이지 말라.

09:37

선내 안내 말씀 드리겠습니다. 현재 구명동의를 착용하신 승객분들께서는 구명동의에 매여 있는 끈이 제대로 묶여 있는지 다시 한번 확인하셔서 잘 묶으시기 바랍니다. 다시 한번 안내 말씀 드리겠습니다. 구명동의를 착용하시고 계신 승객분들께서는 구명동의에 매여 있는 끈이 잘 묶여 있는지 확인을 다시 한번 하시기 바랍니다.

09:42

현재 위치에서 이동하지 마시고 안전하게 대기하시기 바랍니다. 현재 위치에서 안전하게 기다리시고, 더 이상 밖으로 나오지 마시기 바랍니다. 현재 위치에서 안전하게 기다리시고 더 이상 밖으로 나오지 마시기 바랍니다.

김경후

빈 병 저글러 외

1971년 서울 출생. 1998년 『현대문학』 등단.
시집 『그날 말이 돌아오지 않는다』 『열두 겹의 자정』.
〈현대문학상〉 수상.

빈 병 저글러

텅, 빈, 광장 한가운데, 텅, 빈, 사내, 빈 병을 돌리고 있다, 텅 빈
손,을 가진 사람들, 모여들어, 오—오—, 텅 빈 탄성,을 지르고, 우
리에겐 더 많은 빈 병이 필요해, 세 개의 빈 병, 네 개의 빈 병, 세
계의 빈 병이, 필요해, 텅 빈 손,의 사람들 뒤로, 어느새, 텅 빈 입,
을 가진 사람들, 텅 빈 가슴,을 가진 사람들, 텅 빈 총,을 가진 사람
들, 텅 빈 텅 빔을 가진 사람들이 둘러선다, 텅 빈 광장이, 빙빙 잘
도 돌고 있는 텅 빈 정오를, 돌리고 있다, 텅 빈 사내 한가운데 텅
빈 광장, 아무도, 텅 빈 말로도 말하지 않았지만, 빈, 병,들은 돌고
있다고 믿자고, 그러자고, 텅 빈 달이, 돌고, 오지 않아도 되는 텅
빈 사내가, 사내의 손에 돌고 있다 오— 오—, 오만 가지 빈 병이
돌고 있다, 오— 하나 더, 하나 더,해서, 텅 빈 숫자가 될 때까지,
텅 빈 광장, 정오의 텅 빈 그림자,의 정오, 광장의 종탑이 예배시간
을 알리고 있다

라고 속삭이자, 그러자,
반지하 방, 홀로 빈 병 돌리는 사내의 그믐밤

반딧불이

그믐밤

벙어리 별자리

흘러가고 있다

장님의 지팡이 소리

달과 사내

산기슭 삐뚜름한 철문 앞
쭈그러진 사내가 사라졌다
검푸르게 달이 떠오른다
사내가 사라지고
썩은 계단에 앉아 있는 건
배곯은 까마귀 소리
사내가 사라졌다
해골처럼 달이 둥글어가는 소리
말아놓은 등뼈처럼
어둠 속으로 빨려 들어간 골방엔
달빛처럼 몰려드는 구더기들 날벌레들
달은 먹구름과 섞이고
달은 비와 살과 허공과 섞이고
사내는 사라져버렸다
밤하늘 달빛이 뼛가루처럼 흩날리고 있다

울금 그림

시커먼 바다거품 해벽을 뒤덮는다
울금이 자란다

폐가들 텅 빈 그림자 소리

진도씻김굿에 씻길까
된바람에 찢길까

텅 빈 넋주발
파도에 휩쓸려 돌아오지 않아도
울금은 자란다

해금보다 짙게
북 가죽보다 두텁게

울금이 자란다
검은 흙 속
곱은 문둥 손가락처럼
곪은 심장처럼 자란다

46억 년씩이나 울금에 침염한 울부짖음이
자라고 자란다

보름달에서 흘러나오는
울금 냄새

붉은가슴기러기

새들은 한번 날았던 하늘을 버린다
깃털이 떨어진다
나는 오늘처럼 생긴 어제를 껴입고
지난겨울로 만든 펜을 잡는다

새들은 한번 날았던 하늘을 버린다
나는 한 번도 날아본 적 없는 하늘을 바라본다

어제 위에 어제를 덧입고
지난겨울을 뚝뚝 분질러가며 펜을 깎는다
다시 지난겨울
또다시 지난겨울

날아간 하늘을 버리지 않는 새는
날아본 적 없는 새일 뿐
바닥에 꼬꾸라진 새일 뿐

새들은 떨어진 깃털을 줍지 않는다
나는 지난겨울의 새를 그린다

새였던 새를
새가 아닌 새를 그린다

떨어진 깃털들을 주우며 나는
한 번도 날아본 적 없는 하늘을 바라본다
다시 하늘을 버리며 붉은가슴기러기들 멀어져간다

신발

길을 신는다
불타는 검은 아스팔트를 신고 걷는다
땡볕에 어디로?
어디로 가는지 몰라서
떠나고 떠난다
아스팔트가 되어버린 검은 허벅지
납빛 시멘트 길을 등허리까지 당겨 신고
떠나고 떠난다
땡볕에 어디에서?
어딜 떠났는지 몰라서
언제까지 떠날지 몰라서
나는 뜨겁고 구멍 난 아스팔트를 가슴까지 끌어당긴다
땡볕에 여기에서?
아니, 이미 모두 여기가 아닌 모든 곳들에서
지나온 곳들을 뒤돌아볼 수 있는
가슴을 난 길 속에 묻고
나는 길을 신는다
어제의 신문들을 밟고
텅 빈 깡통들을 걷어차고

스모그에 두 눈을 파묻는다

불타는 신발 한 짝이 검은 바다 속으로 가라앉고 있다

바늘

텅 빈 구멍을
구멍이 다시 뚫고 가는 게
바늘이다

안녕, 허공으로 이어진 실전화기 속 나의 말이 닿기 전에,
안녕, 우리는 등을 돌린다,
안녕, 이 말이 네게 닿기를, 기도가 닿기 전에
강가에는 갈기갈기 찢어진 검은 숨결들, 바람들,
직녀의 실로 저 허공 견우좌까지 양탄자를 짜 올려도
이제 우리는 만나지 않는다, 안녕,

허공에 닿는 첫 번째 눈송이
녹아 사라지는 소리
바늘의 심장 소리

텅 빈 구멍을
구멍이 다시 뚫고 가는 게
바늘이다

밤바람이 뼈바늘 구멍을 지나가고 있다

심사평

언어와 시대가 부딪치는 현장

김경후

작년 한 해 동안 문예지에 발표된 시들을 늦가을 한 달 반에 걸쳐 읽었다. 시력 50년에 가까운 선배님들부터 작년에 등단한 후배 시인들의 시까지 언어와 시대가 맞부딪치는 소리들을 생생하게 들을 수 있는 현장이었다. 같은 흙과 강을 품고 있어도 숲의 모든 나무들이 다른 꽃을 피우는 것처럼, 같은 나무의 잎이라도 다른 빛과 다른 모습, 다른 죽음을 받아들이는 것처럼 한두 주류와 경향에 휩쓸리지 않고 시인들마다 자신만의 언어적 탐색과 모험을 감행하고 있었다. 이 시절의 큰 고통이 헤아려지고 해결되기도 전에 또 다른 고통이 덮쳐오는 고통의 마비 속에서 모국어로 상처와 절망을 번역하려는 시의 현장은 감동적이었다.

하지만 독자로서의 감동을 뒤로하고 함께 예심을 맡은 박상수 시인과 각각 열다섯 분의 시인을 올렸다. 공통으로 언급된 시인은 세 분이었지만 박상수 시인이 염두에 둔 시인들의 시적 성취에 저는 마땅히 고개를 끄덕였고 박상수 시인 역시 저의 추천이 어떠한 맥락에서 이뤄졌는지 충분히 이해해주었다고 생각한다. 두 사람이 추천한 시인들 모두 누가 어느 자리에서 읽더라도 뛰어난 역량으로 한국 현대 시를 이

끌고 있는 시인들이라고 할 것이다. 우리는 시월 말 오후에 만나 다시 서로의 추천 시들을 여러 번 읽고 이야기를 나눴다. 그리고 함께 기꺼운 마음으로 열세 분의 시인을 올렸다.

임승유 시인의 시들은 한 번에 사로잡히는 번쩍거리는 비유나 능수능란함, 휘몰아치는 격정은 없었지만 읽고 난 후에 쉽게 잊을 수가 없었다. 침착하고 낮고 여유로운 듯한 시인의 목소리를 반복해서 들을수록 고통에 휘둘리지 않고 직시하는 깊이 있는 따스함과 성숙함을 느꼈다. 조용하고 무심한 듯 고독과 상처를 기다려주고 견디는 말들의 의연함과 저력에 놀랐고 경이로웠고 매혹당했다.

새로운 장시의 의식으로 한 호흡도 늘어짐 없이 끓어오르는 열정과 지적 활달함, 통찰의 깊이와 에너지를 지닌 김정환 시인의 시를 읽으며 배우고 또 배웠다. 매력적인 긴장과 견고한 아름다움으로 읽는 사람을 자극하고 충만하게 해주는 최문자 시인의 시로 하루가 너무 빨리 저물기도 했다. 이영광 시인의 여백의 기백과 우직하고 굵은 말들의 박동에 두근거릴 수밖에 없었다. 손택수 시인의 시를 읽으며 사막에서 얻어 마시는 깊고 섬세한 한 잔의 물을 상상하기도 했다. 그 물속에 들어 있는 얼음 도끼의 위험한 상처의 맛도. 신동옥 시인의 새로운 언어의 밀도와 역동성, 삶의 현장감을 오래 지켜보고 싶다. 김안 시인은 예전부터 보여줬던 언어의 탐구에 삶의 덧없음의 두께가 더해져 오히려 더욱 참신하고 깊숙하고 뜨거운 언어를 만들어내고 있었다. 하재연 시인은 섬세하고 탄력 있는 말들로 긴장감 있고 밀도 높은 시를 보여주었다.

이 시대의 모든 시인들에게 감사드린다. 그리고 임승유 시인의 수상을 축하드린다. 은은하고 깊은 빛을 가진 그의 시가 더욱 빛나기를 독자의 한 사람으로 기대한다. ■

시대와 삶과 시를 겹치는 일들 사이에서

박상수

김경후 시인과 함께 진행한 제62회 〈현대문학상〉 시부문 예심은 서로 다른 추천 명단을 확인하는 일부터 시작되었다. 한쪽은 원로와 중진을 아우르며 현재 시단에서 가장 높은 성취를 보이는 시인들을 꼽았고, 또 한쪽은 현재의 성취에 주목하되 시단의 허리를 지탱하고 있는 시인들과 그 아래 젊은 시인들의 명단을 꼽아 왔다. 비록 강조점과 면면은 달랐지만 상대의 목록에 충분히 동의할 수 있었다. 중요한 것은 만약 두 개의 명단을 합친다면 그것이 바로 현 한국 시단의 흐름을 짐작해볼 수 있는 유효한 노선도가 될 수 있다는 점이었다. 우리는 각 시인의 최근 작업에 대해 다양한 의견을 나누었고 어떤 때는 경탄의 마음으로, 또 어떤 때는 반가움과 응원의 마음을 담아 심사를 진행했다. 그러나 이 과정이 마냥 순탄한 것은 아니었다. 〈현대문학상〉의 취지에 좀 더 어울리는 후보자를 고르기 위해 말없이 고민하는 시간을 나누기도 하였고, 상대가 선택한 그 작품이 왜 중요한지 치열한 설득을 요청하기도 하였다.

고영민의 작품은 문득 돌아보아도 늘 그 자리에 변함없이 있어줄 것 같은 얼굴을 하고 있다. 아무것도 넣지 않은 맹물을 맛보는 것 같은 그 담담한 심사가 좋다. 거기엔 잊고 있었던 유년의 한 장면과 시골집 마당에 놓여 있을 것 같은 소소한 물건들과 지금 여기에 불려 나온 아픈 사람의 이야기가 고즈넉하게 놓여 있어서 어느덧 순하고 가만한 마음이 되어 존재하는 모든 것에 좀 더 애틋한 마음을 쏟게 된다. 김안은 당대 한국 사회의 현실을 그 누구보다 강력하게 자신의 삶 속에 들여와 앓고 있는 중이다. 국가가 제 기능을 잃고 표류하는 한국적 현실에서 시민과 시인의 자리를 포개고, 삶의 고통과 포기할 수 없는 가능성을 포개면서 이를 영탄조의 독백과 단단한 단문형 진술 속에 구현해낸다. 끊임없이 질문하고 싸우는 그 모습은 신뢰감을 주기에 충분한 것이다. 신동옥의 작품을 읽으면 낭만적인 서생書生의 고투와 고결한 품격이 동시에 느껴진다. 비루한 현실에서, 꿈꾸기 때문에 인간은 변할 것이라고 다짐하는 자의 비애는 얼마나 고된 것인가. 그럼에도 기척을 다해 시를 쓰고 눈을 부릅뜨고 살아가겠노라 외치는 끈질김에 동의하지 않을 수 없었다. 게다가 전에 비해 사물을 다루는 감각과 품이 넓어지고 언어의 설득력이 높아졌다는 점은 반가운 일임에 틀림없었다.

신용목은 서정시 내의 자기 갱신을 치열하게 지속해온 시인이다. 무엇보다 그의 섬세한 비유와 꽉 짜인 시적 구성, 행과 연의 긴장감은 사유를 밀어붙여 싸워나가려는 힘과 만나 늘 팽팽한 매력을 만들어낸다. 가공의 시공을 주유하는 목소리일지라도 그것이 현실감을 얻고 사물에 윤기를 만들어낼 때의 신비한 즐거움은 여전히 신용목을 읽는 이유가 되는 것 같다. 오은의 스타일은 이제 그야말로 오은의 것이라고 단정할 만해서 어떤 지면에서 만나더라도 기대를 갖고 따라 읽게 된다. 언어에서 출발하여 반복을 쌓아가며 축조해가는 과정에 사랑이 불려오고, 사람이 불려 오고, 현실이 불려 오는 것이 놀랍다. 다 말하지 않고 표면만 말하는 것 같은데 심층이 만져진다. 이 유머러스하며 다정하고 그야말로 유연한 언어는 앞으로 어디까지 제 역량을 확장할 수 있을까? 하재연이 지치지 않고 수준 높은 작품을 계속 쓰고 있는 것이 고맙다. 그녀는 감각적 언어에 힘입은 소규모 모듈 회로들을 구성해내며 낯설고 이상한 세계의 매혹을 흐트러짐 없이 담아내고 있다. 희미한 듯 보이지만 오래 남는 이 아름답고 슬픈 이미지들. 혼자 있는 시간에 영원히 혼자로서 머물러 있을 것 같지만 또 한편 누군가의 웃음소리가 몇 개의 물질로 여기 도착해 있을 것 같은 순간을 하재연처럼 드물게 잘 그려내는 사람이 없는 것 같다. 반복해서 읽어도 전혀 매력이 반감되지 않는다. 임승유는 최근 무섭게 성장하며 자기만의 스타일을 구축해나가고 있다. 첫 시집에서, 통과의례처럼 꼭 거쳐 가야 했던 기억과 삶의 무게를 어느 정도 털어냈기 때문일까. 이전보다 훨씬 자유롭고 명철하게 가야할 길을 찾아낸 것 같다. 지시적 문장으로 그리면 아무것도 아닐 순간들을 미묘하게 비틀리고 앞뒤가 이격離隔된 문장에 담아냄으로써 다중 초점의 풍경들을 만들어낸다. 풍경은 하나인데 무수한 사람이 시간 차를 두고 들락거리면서 입체가 만들어지는 흥미로운 조형적 구성이라고 할까. 불투명하고 신비롭고 논리적인데 매력적이다. 마음을 담아, 임승유 시인에게 축하의 말을 전한다. ■

독특하고 새로운 목소리

김기택

예심에서 올라온 후보작들이 신인부터 중진, 원로까지 폭이 아주 넓고 작품 경향도 다양했기에 수상작 선정 과정이 순탄하지 않았다. 심사 방향 설정부터 개별 작품 논의까지 이어지다 보니 시간도 걸리고 결정 과정에도 굴곡이 있었지만, 다행히도 임승유의 시들을 흔쾌하게 수상작으로 결정할 수 있었다. 등단 5년차의 신인이 〈현대문학상〉의 무게를 감당할 수 있을까 하는 우려가 있기는 했지만 한편으로는 그의 시가 그런 우려를 씻어줄 만한 힘이 있다는 믿음도 있었다. 시적 성취도가 뛰어난, 개성과 작품성이 검증된, 중진 시인들이 건재했지만, 그리고 금년에 발표된 그들의 시가 과거의 성과에 기대지 않고 여전히 긴장감과 활력이 넘치는 시를 보여주고 있지만, 그럼에도 불구하고 임승유를 수상자로 결정한 것은 그의 시가 우리 시단의 어느 시인과도 다른 새롭고 독특한 목소리를 지녔다고 판단했기 때문이다.

임승유의 시에 나열된 일상이나 사건은 누구나 보고 느끼고 경험했을 것 같은 평범한 일들이다. 사건들은 일어난 것 같기도 하고 일어나지 않은 것 같기도 하며 이미지들은 서로 충돌하지 않고 자연스럽게 이어지며 의미는 있어도 그만 없어도 그만이라는 듯 분명하게 드러나지 않으며 문장들은 단정하고 조용하다. 그럼에도 불구하고 그의 시들은 지속적인 긴장감으로 독자들로 하여금 계속 읽고 싶게 만드는 힘이 있다. 의식적으로 재배치된 듯 보이는 문장들을 따라가다 보면 그것이 어느 순간 기억에서 불쑥불쑥 솟아나와 미세하게 내면을 흔들렸던, 일상에서 뭔가 중요한 의미를 내포하고 있는 것 같지만 아무것도 아닌 것 같아서 흘려보냈던, 물을 것이 없을 것 같지만 많은 물음을 내장하고 있는 것 같은 일들이었음을 자각하게 한다. 그러면서도 그의 시들은 뭔가 새로운 대답을 해줄 것 같은, 흥미로운 사건이 일어날 것 같은, 궁금증과 호기심과 미지의 시공간이 풍부할 것 같은 곳으로 안내해줄 것 같은 느낌이 들게 한다. 그런 특징은 유사하면서도 다른 문장들이 반복되면서 생기는 리듬에서 오는 것이기도 하다. 또한 그의 시편들은 슬픈지 모른 채 지나가고 있는 슬픔, 고통스러운지 모른 채 당하는 고통, 무엇을 원하는지 모르는 채 일어나는 욕망 등을 떠올리게 한다. 그래서 그의 시는 독자가 스스로 시에 참여하여 자신의 기억과 경험과 감각과 에너지로 자신의 시공간을 구축하면서 시적 의미를 생산도록 유도한다.

〈현대문학상〉은 원로나 중진이나 신진을 가리지 않고 한 해의 가장 뛰어난 작품과 작가에게 수여되어왔다. 금년에도 이런 전통을 이어 좋은 시인을 발견하게 되어 기쁘다. ■

삶의 막막함을 몸 입기

김사인

개인이건 사회건 그 삶이 틀어지면, 언어만 온전하기란 어려운 일이다. 말과 글이 온전히 꼴을 이루기 어렵고, 의미의 확정은 자꾸 유예되며, 비유와 이미지는 모호하거나 불길해진다. 뒤틀리는 언어의 맥락들을 놓치지 않으려 스스로를 지불하는 이들이 이른바 시인인데, 역설적이게도 애를 쓸수록 소리는 자기모멸과 적의에 찬 외마디에 가까워진다. 묶인 짐승들의 울부짖음에 근접하는 것이다. 어쩌면 좋겠는가.

한숨과 비명을 외면하지 않되 제정신을 잃지 않는 것, 삶과 세계의 토대일 근원적 선의나 작은 애틋함들에 대한 감각을 마지막까지 포기하지 않는 것은, 단언컨대 세상을 큰 규모에서 바루는 것만큼이나 큰 일이다. 그리고 비상한 집중과 인내를 요하는 그 고역을 염치없지만 또 시인들께 감당해주십사 여쭙게 된다.

〈현대문학상〉은 시집이 아니라 지난 한 해 동안 문예지에 발표된 시편들만을 심의 대상으로 한다. 거명된 시인들의 성취는 경의에 값할 만큼 저마다 아름다운 것이었다. 우리 시의 여러 국면에 대한 토의와 그러면 어느 시들을 우선으로 할 것인가를 둘러싼 짧지 않은 고심과

토론이 있었고, 마침내 임승유 시인에게 수상을 의뢰키로 합의했다.

　삶의 요령부득과 허망함을 독특한 형언形言으로 받아내고 있는 임승유의 시들은 2000년대 이후 출현한 한국 시의 젊은 어법을 한 단계 갱신하고 있다고 보인다. 그의 어투는 그런 만큼 낯익고 또 그만큼 낯선데, 어느 경우건 드문 생생함을 유지하고 있다. 꾸밈말이 극단적으로 절제되거나 구문과 구문, 말과 말들이 독특한 각도로 어긋나거나 교차되며 일상어에 긴장을 부여하는 임승유의 시적 모험은, 생의 치욕과 무력감에 대한 대응으로서 충분히 새롭고 성실한 것이라고 여겨진다.

　그의 시들 대부분이 그렇지만, 예컨대 「사실」 같은 시는, 얼핏 상식적 독해를 거부하는 문장의 결합으로 보이지만, "노력해도 안 되는 일이 있다." "한번 가면 못 나오는 거다. // 알고 있었다." 같은 쓰디쓴 속수무책이 흩어져 있는 가운데, 불쑥 말해져 그런 쓰디씀과 대비를 이루는 "이렇게 빛나는 이게 영혼이 아니면 뭐겠니" 같은 서술은 어떤 절망적 안간힘과 같은 깊고 섬뜩한 울림을 갖는다.

　일방적인 읽기를 강요하는 것이 아니다. 임승유 시가 거느리는 진폭이 그러한 독법까지 감당할 만큼 동시대의 삶의 실감 쪽으로 그 내부가 열려 있다는 것을 말하고 싶은 것이다. 관념과 현학 취향의 난삽 어법들과 격을 달리하는 이러한 열림들을 통해 그의 시는 드문 생기와 설득력을 얻는 것이다.

　노파심이겠지만, 그의 '모험'이 다작 속에서 부지중 '방법'으로 답습되는 것을 조심스레 경계하고자 한다. 시인께 왠지, 축하보다, 감사하다고 인사하고 싶다. ■

가장 가까운 말

임승유

시를 말하지 않으면서도 시에 대한 시를 쓰고 싶었다. 시로 환원될 수밖에 없는 시. 써놓고 나면 한 편의 시일 수밖에 없는 시.

언어로 시작해 언어를 경유하면서 종국에는 언어만이 아닌 어떤 지점에 가닿고 싶었다. 대상에서 시작해 대상의 결을 통과하면서 대상 그 자체가 언어에 다름 아닌 것이 되기를 바랐다. 작업은 인위적인 것이지만 인위가 끼어든 자리가 드러나지 않도록 가장 가까운 말에 기대 조금씩 움직였다. 일상적이지 않은 말은 끼어들 자리가 없도록, 낯선 사물은 놓일 자리가 없도록 하면서. 태양이 뜨는 자리에 바람이 부는 장면을 가져다 놓아도 이상할 게 없는, 기다리는 자의 의자에 떠나는 자의 의지를 부려놓아도 작용의 결과는 달라지지 않도록 하면서. 맞닥뜨리고 싶은 장면이 있었다. 익숙했던 시간과 장소에서 가장 낯선 감정에 휩싸이게 되는 사람의 표정.

상을 받았으니 이런 정도의 설명은 필요하지 않을까 해서 몇 문장 적었지만 건드리기만 해도 부서져버릴 메마른 자세에 불과하다. 그렇더라도 이런 자세밖에는 나오지 않았다. 다르게 할 수가 없었다. 내가 써놓고 내가 읽었다. 다른 사람이 쓴 것은 다른 사람이 읽겠지 그러면서.

그런데 읽어주는 사람이 있었다. 덜컥 겁이 나면서도 감사하다. 조금은 더 해보라는. 해볼 만큼은 해보라는. 가장 가까운 말을 통해 가장 이상한 곳까지. 갈 데까지 가보라는. 그런 주문을 받은 것 같다. ∎

2017 現代文學賞 수상시집

휴일 외

지은이 ┃ 임승유 외
펴낸이 ┃ 양숙진

초판 1쇄 펴낸날 ┃ 2016년 12월 7일

펴낸곳 ┃ ㈜현대문학
등록번호 ┃ 제1-452호
주소 ┃ 06532 서울시 서초구 신반포로 321(잠원동, 미래엔)
전화 02-2017-0280
팩스 02-516-5433
홈페이지 ┃ www.hdmh.co.kr

ⓒ 2016 ㈜현대문학

ISBN 978-89-7275-800-6 03810